Isolde ½

Cleopatra

von Marika Thommen

Es wird Frühling

Irgendwann, ja, das war mir schon klar, aber ich wollte das eigentlich gar nicht so wahrhaben, musste ich doch meinen Weihnachtsbaum abschmücken. Und was mir aber ein richtig mulmiges Gefühl verursachte, war die Antwort auf die Frage: Wie bekomme ich das Ungetüm wieder aus meiner Wohnung. Mein Baum stand immer noch wie eine Feder gespannt zwischen Küche und Wohnzimmer. Würde er noch leben, hätte er sicher Wurzeln geschlagen und meine Wohnung komplett vereinnahmt. Bestimmt wären die Wurzeln durch den Fussboden gewachsen und hätten auch Frau Kramers Wohnung eingenommen. Wie in den Filmen, wo sich die Natur ihren Platz zurück erobert. So stellte ich mir das vor. Bald hätte ich dann auch Rehe und Eichhörnchen in meinem Wohnzimmer.

Vögel würden nisten in den Zweigen und nachts würde ich die Eulen hören, die Fledermäuse sehen und die Füchse beobachten können, wie sie sich auf ihre Raubzüge begaben. Nur die Wildschweine machten mir Sorgen. Die würden mein ganzes Wohnzimmer umgraben und meine Vorräte auffressen. In meinen Vorstellungen hatte sich meine Wohnung bereits in einen dichten Dschungel verwandelt. Gerade, als die Sonne aufstieg und der Dschungel zu erwachen schien, wachte auch ich auf. Isolde! Du verplemperst Deine Zeit, so kommst Du aber nicht voran, tadelte ich mich. So verliess ich meinen Traum - Dschungel und betrachtete meine kahle Fichte. Ja, der Baum war schon lange tot. Vor einigen Tagen hatte ich noch täglich eimerweise, morgens und abends, ausgetrocknete Tannennadeln aufgefegt, die meine Fichte abwarf. Nun krümelte nur noch ab und zu vereinzelt ein Nadelchen herab. Ja, es wurde Zeit. Ich nickte vor mich hin.

Die Fichte musste weg. Irgendwie. Schliesslich wurden die Schokoladenweihnachtsmänner in den Regalen bereits durch Osterhasen ausgetauscht, die Damen präsentierten sich schon in neuer Frühlingskollektion und die Katzen waren wieder rollig. Und in meiner Wohnung stand immer noch ein geschmückter kahler Weihnachtsbaum. Also begann ich etwas melancholisch die untere Reihe meines Baumes abzuschmücken. Ich kroch auf allen Vieren um den Baum herum. Kleine Äste piksten mich in den Nacken und in die Arme. Die erste Baumschmuckkiste war schnell voll. Da mein vorhandener Weihnachtsschmuck ja gar nicht für so einen grossen Baum reichte, hatte ich weiteren Weihnachtsschmuck gekauft. Ich holte noch 2 grosse leere Kartons hervor und schrieb sie mit „Weihnachtsschmuck" an. Schneemänner, rote, goldene und lilafarbene Weihnachtskugeln, Engelchen und Weihnachtsmänner, vereiste Zapfen und kleine Holzschlitten lege ich sorgsam in die weiteren Kartons. Dann musste ich mein Höckerchen holen um die 3. Reihe abzuschmücken. Reihe 4 bis 80 hatte ich eh nicht schmücken können, da ich gar keine Leiter im Haus hatte. Sternchen, Weihnachtswichtel, Gips – Kringel, die essbar aussahen, aber sicher nicht schmeckten und tonnenweise Lametta füllten meine Weihnachtsschmuckkisten. Ich hatte kurz überlegt, ob ich den Baum bis zum nächsten Weihnachten gleich geschmückt stehen lassen sollte. Ja ich hatte mich an das Ungetüm gewöhnt und mich mit ihm arrangiert. Schliesslich waren es ja nur noch wenige Monate bis zum nächsten Fest. Aber der Baum hatte keine Nadeln mehr – das sah schon etwas doof aus. Ich könnte ihn aber auch so voll schmücken, dass das gar nicht auffiel, dass er kahl war, überlegte ich, als ich die letzten silbernen Lamettafäden vom Baum zog. Ja, nun war es zu spät. Nackt und traurig stand mein Prachtbaum vor mir.

Ich steckte alle 4 Ecken jedes Baumschmuckkartons zusammen und stellte mich überlegend in den Türrahmen. Ich hielt den Kopf schief. Mhhh...Baum anzünden oder zersägen – das waren die einzigen beiden Möglichkeiten ihn aus der Wohnung zu bekommen. Beim Anzünden aber war ich mir nicht so sicher, ob das wirklich eine gute Idee war, aber vielleicht wenn man den Baum stufenweise anzündet? So von oben, sodass er von oben nach unten brennt. Ich liebte den Geruch von brennendem Holz. Früher ging Vater mit uns in den Wald. Er machte ein Lagerfeuer und wir steckten Würste auf angespitzte Äste, welche wir dann über das Feuer hielten. Mutter war nie dabei, sie habe Anderes zu tun, pflegte sie immer zusagen. Mhhh oder doch zersägen? So, wie die Holzfäller es tun. Ich könnte ihn irgendwie festbinden, damit er nicht umfällt wenn ich drauf los sägte. Ich nickte. Ich brauchte eine Säge. Jawoll! So eine Motorsäge, damit geht das sicher ratz fatz! Dann hätte ich sogar noch Feuerholz. Aber zuerst mal Schritt eins: den Baumschmuck versorgen. Ich türmte meine 3 Kartons übereinander und hob sie hoch. Leider konnte ich gar nicht über die oberste Kiste hinweg sehen. Na, bin in den Keller werde ich das schon schaffen, schliesslich laufe ich die Treppen ja täglich mehrere Male hinunter und hinauf. Das konnte ich sicher auch im Schlaf. Ich öffnete die Wohnungstür mit dem Ellebogen und balancierte die Kartons. Meine Zehenspitzen ertasteten, wie eine Schnecke, den Weg. Ich war in Socken, so fühlte ich mich sicherer. Da, die erste Stufe. Ganz langsam tastete ich mich vorwärts. Treppengeländer rechts, richtig, nur helfen konnte mir das jetzt auch nicht. Stufe um Stufe. Gleich kam der Lichtschalter. Schön langsam. Vorsichtig kurvte ich herum und betrat die 2. Treppe. Mein Kartonturm schwankte bedrohlich, aber ich konnte diesen ausbalancieren. Gleich war ich an der Tür von Frau Kramer.

Hinter dieser Tür rumorte es und eigentlich wollte ich lauschen. Doch ich war mit meinem Schwertransport beschäftig. Ich sollte fast schon die letzte Stufe erreicht haben. Ich versuchte über meine Baumschmuckkartons zu spähen, doch keine Chance, der Turm war zu hoch. Zu breit war er auch. Und schief. Der schiefe Karton Turm von Isolde. Ich hörte Stimmen hinter Frau Kramers Tür. Männerstimmen. Die Kramer Tür wurde plötzlich aufgestossen. Dies konnte ich zwar nicht sehen dafür aber hören und fühlen. Mit einem Getöse und lautem Krawall fand ich mich auf dem kalten Hausflurboden wieder. Ich riss die Augen auf. Was war passiert? Ich sass auf dem Hosenboden, mein Kartonturm Baumschmuck war zusammen gefallen. Der oberste Karton hatte sich über mich ausgeschüttet. Ich sass inmitten goldener, roter und lilafarbenen Scherben meiner Weihnachtsbaumkugeln. Ich war überhangen mit Lametta. Die Wichtel und Weihnachtsmänner

11

hatten es auf dem ersten Blick überlebt, doch meine Gipskringel waren zerbrochen und krümelten vor sich hin. Ich blickte geschockt auf und riss die Augen auf. Rainer? Ja, wirklich, Rainer stand da vor mir und hielt mit 2 Händen das Ende eines Sofas. Das andere Ende steckte noch in Kramers Wohnung. Eine unbekannte Stimme aber rief von drinnen. „Rainer, alles okay?" Na, lieber Rainer, was nun? War alles okay oder nicht. Ich war verwirrt, erstaunt, schwieg und wartete. Was macht denn Rainer hier? Schon lange hatte ich ihn nicht gesehen. Das letzte Mal, als er mir das Kleid zerriss. Und jetzt hatte er mich umgefegt. Macht er das immer so? Sein Hemd war durchgeschwitzt, seine Haut war glänzend und auf seiner Stirn hatten sich Schweissperlen gesammelt. „Abstellen!" kam das Kommando von Rainer. Rainer war genauso erstaunt wie ich. „Isolde! Was machst Du denn hier?" Ich freute mich Rainer zu sehen, obwohl er mich umgehauen hat. Mein Herz klopfte schneller als ich in seine

12

freundlichen braunen Augen sah und er mich berührte. Er kniete sich vor mich hin und zupfte das Lametta aus meinen Haaren. „Entschuldigung Isolde, ich bin so ein Trottel. Aber.... ich habe Dich echt nicht gesehen." Ja, wie sollte er auch. „Hast Du Dich verletzt?" Ich winkte ab. Nein, alles war okay. „Wohnst Du hier?" Und ja, ich wohnte hier, seit vielen Jahren. Aber die Begegnung war so ungeplant, dass ich grad etwas sprachlos war. Inzwischen erschien zu der unbekannten Stimme die dazugehörige Person. Ein Mann in Monteuranzug lehnte im Türrahmen und zwinkerte mir zu. „Auch Rainer, was machst Du wieder? Da lässt man dich einmal aus den Augen und Du rennst so eine hübsche Dame um." Hübsch? Naja, also ich sass da wie ein behangenes Täubchen auf Socken. Noch immer zupfte Rainer mir Lametta aus den Haaren und von meiner Brust und sammelte es in seinen Händen. Frau Kamer kam. Sie schaute nur wortlos durch ihre dicken Brillengläser an und rührte klappernd in ihrer Tasse. „Was machst Du

mit den Weihnachtssachen?" fragte Rainer. Er hielt

meine Hände als wolle er mit mir beten. Sie waren

weich und warm. Sie fühlten sich gut an.

„Naja," sagte ich. „Ich dachte ich schmückte mal

den Baum ab". Ich spürte so einen Kloss in meinem

Hals. Ich schluckte zweimal und sagte leise:

„Schliesslich wird es ja schon Frühling."

Auf den Frühling

Die Peinlichkeit stand Rainer regelrecht ins Gesicht geschrieben. Er entschuldigte sich mehrere Male und wollte mich als Entschuldigung zum Essen einladen. „Egal wohin." sagte er. Er drückte mir sein Visitenkärtchen in die Hand und meinte, ich solle mich bei ihm melden. Unbedingt. Und schon recht bald. Er begann meine Weihnachtsbaumschmuckutensilien zusammen zu lesen und in dem Karton zu verstauen. Ich holte inzwischen Handfeger und Schaufelchen und kehrte meine Scherben zusammen. Dann schaute Rainer auf die Uhr und entschuldige sich schon wieder: „Sorry Isolde, aber ich muss." Noch einen letzten Lamettafaden zog er mir aus dem Haar. „Ich stehe im Halteverbot und muss noch einladen." Er zeigte auf das Sofa. Ich liess die Männer ihre Arbeit tun.

Sie trugen Kramers Sofa und einige Kisten vors Haus, um dann alles im Transporter verschwinden zu lassen. Ich war noch eine Weile mit dem Hausputz beschäftigt und trug dann alle Kisten einzeln in den Keller. Rainer und sein Kollege waren dann auch fertig. Rainer verabschiedete sich, um sich dabei abermals zu entschuldigen. An der Haustüre rief er mich nochmals. Er hielt seine Hand an sein Ohr und bewegte seine Lippen: „Melde Dich." sagte er tonlos. Dies konnte ich von seinen Lippen ablesen. Dann war er weg und es war wieder ruhig im Haus. Nur Frau Kramers schlurfende Schritte in ihrer Wohnung waren zu hören. Rainer. Ich lächelte und schüttelte den Kopf währen dich die Stufen zu meiner Wohnung hinauf stieg. So ein Zufall. Ausgerechnet in meinem Haus. Er möchte mich zum essen einladen. So ein Netter, dachte ich. Und ja, er war auch wirklich nett. Und, der Gedanke an ihn bereitete mir ein warmes wohliges Gefühl im Bauch.

Mhhh ich überlegte. Klar, ich hätte Lust mich mit ihm zu treffen. Wann sollte ich mich melden? Gleich morgen? War das zu früh? Sollte ich eine Woche warten? Oder 2 Wochen? Und wohin sollten wir gehen? Er hatte mich ja eingeladen. Ich wollte ein Zwischending wählen. Nicht zu teuer und auch nicht zu billig. Am besten etwas Hausgemachtes oder Pasta, Pasta ist auch immer gut. Oder vielleicht Pizza. Pasta oder Pizza. Mit einem Dessert hinterher. Das musste sein! Nachdenkend betrat ich meine Wohnung und bleib vor meinem abgeschmückten Baumungetüm stehen. Ich werde Rainer fragen, ob er mir helfen kann den Baum zu zersägen. Vielleicht hatte er ja sogar auch eine Säge und ich musste keine kaufen. Ja, Isolde, so machen wir das, flüsterte ich. Ich brühte mir einen Tee auf und schaute aus dem Fenster. Die Sonne schickte bereits zaghaft ihre Strahlen. Diese sammelten sich am Fensterglas und verbreiteten wohltuende Wärme. Ich schloss die Augen und ich sah plötzlich

17

Rainer, wie er vor mir kniete. Ein schönes Bild. Ups!
Erschrocken riss ich meine Augen wieder auf. Es
klopfte an der Tür. Magdalena stand davor. „Oh
Frau Isolde, ich freue mich zu sehen." Sie umarmte
mich und spazierte in meine Wohnung. Sie brachte
eine Flasche Wein und 2 Gläser mit. Aus einem
Karton zauberte sie noch eine Pizza hervor.
Irgendwie war diese Frau genial, denn, als ich den
Wein sah, hatte ich grosse Lust auf ein Glas Wein.
Und als der Pizzaduft sich im Raum breit machte,
spürte ich, wie hungrig ich war. Von meinem
aufgebrühren Tee werde ich ja auch nicht satt,
dachte ich und wollte Besteck aus der Schublade
holen. „Ach Frau Isolde, das brauchen wir nicht,
haben schon Besteck an unsere Hände." Sie hob
ihre Hände hoch und zappelte mit allen 10 Fingern.
Ich lachte. Ja, wie Recht sie hatte. Ich bat sie an den
Tisch und gleich fiel ihr Rainers Visitenkarte auf,
welche auf dem Tisch lag. Fragend schaute sie mich
an. Ich lächelte nur. „Nu erzählen, schnell. Ich bin

immer so neugierig." Und ich musste erzählen. Bei meinen Erzählungen hatte ich ein breites Grinsen auf dem Gesicht. Magdalena nickte vielsagend. Doch was genau wollte sie sagen? Ich hielt meinen Kopf schief und schaute sie an. Mit einem fragenden Blick. Doch die Gute lächelte nur. Ich sprach auch gern über Rainer. Er war ruhig und zurückhaltend und irgendwie so wie ein grosses Kind. Eigentlich konnte man ihn nur mögen. Als ich von Rainers Einladung erzählte und seiner Bitte, ich solle mich bei ihm melden, klopfte Magdalena mit der flachen Hand auf den Tisch. „Musst Du sofort machen, Frau Isolde." „Aber das ist alles erst 2 Stunden her! Nein, das ist zu früh." Ich lachte. „Nix früh, Frau Isolde, gerade richtig". Sie umfasste meine Hände und drückte sie. Ich war etwas im Zweifel. Sah das nicht komisch aus? Aber eigentlich hatte junge Polin Recht. Er hatte mich ja nur zum Essen eingeladen und Hunger kann man schliesslich jeden Tag haben. „Was soll ich ihm schreiben?" fragte ich hilflos. Magdalena nahm wortlos mein Telefon, tippte lächelnd rasch und galant etwas ein und überreichte mir dann stolz den übersetzten Text: „Lieber Rainer. Ich habe mich gefreut Dich zu treffen und nehme die Einladung an. Morgen 19:00 im Indian Rain. Freue mich auf Deine Antwort. Liebe Grüsse Isolde." Wow, so einfach. Aber Indisch? Okay, also ich hatte Indisches Essen gern. Aber morgen schon? Morgen hatte ich sogar Zeit, woher wusste Magdalena das? Naja, irgendwie wusste sie eh immer alles. Ihr konnte man vertrauen, ich war in den allerbesten Händen. „Los, abschicken." Die Polin biss energisch in ein Stück Salamipizza. Ich tippte Rainers Nummer ein, kopierte den Text und...senden! Hah! Gesendet! Ich hatte es getan. War ich verrückt!? Das passte so gar nicht zu mir! Warum tat ich das? Ich runzelte die Stirn und schaute Magdalena fragend an. Ich fühlte mich komisch.

Aufgeregt und irgendwie auch angsterfüllt. Die junge Polin aber lachte. Sie schaukelte unter dem Tisch mit ihren Beinen. „Liebe ist wie Ball spielen. Einmal Ball in Deine Hände, einmal bei Mann. Muss immer hin und her gehen, sonst schlafen der Ball". Innerhalb Sekunden kam schon die Antwort. Bernd: „Liebe Isolde, 19:00 h im Indian Rain ist perfekt. Ich freue mich! Liebe Grüsse Rainer." Ein Seufzer entfloh meinem Munde. Jetzt freute ich mich auch. Mein Herz klopfte wie wild. Oh welch ein wunderbares Gefühl. Ich lächelte und hob mein Glas und stiess mit Magdalena an. „Auf den Frühling."

Ich mag Trödel

Am nächsten Tag schon sass ich also mit Rainer
schon im Indian Rain. Rainer war schick. Er hatte ein
blaues Sakko an, dunkle Jeans und ein Streifenhemd.
An den Füssen trug der Sneakers die alles etwas
auflockerten. Solche Kombinationen mochte ich.
Auch obenrum sah er gestriegelt aus. Ich kam im
Blumenkleid daher. Magdalena hatte sich um meine
Kleidung gekümmert. Ich war nämlich völlig
überfordert. Auf meinem Bett türmten sich meine
Kleidungsstücke aber nichts davon gefiel mir an mir
oder war meiner Meinung nach passend. „Mach
einfach, Frau Isolde. Kleid immer ist sehr sexy und
macht aus Frau eine Frau." Ja, Magdalena mit ihren
Weisheiten. Sie hielt mir das grüne Blumenkleid hin
und her schwenkend vor die Nase. „Das hier Du
anziehen Frau Isolde. Sehr schön mit Farbe für Dich.

Mit schöne Kette bist Du gleich wie Königin." Sie drehte sich im Kreis und lachte. So sass ich nun also wie eine Königin im grünen Blumenkleid und schien Rainer zu gefallen. Er bestellte eine Flasche Wein und eine Vorspeise. Wir stiessen auf den Abend an und Rainer war doch recht gesprächig. Der sonst so ruhige Rainer war offen, lustig, ironisch, unterhaltsam und aufmerksam. Wir redeten über Dies und Jenes, über Lustiges aber auch über Nachdenkliches. Nach der Vorspeise machte Rainer mir ein Kompliment: „Du siehst gut aus heute. Also, nicht, dass Du sonst nicht gut aussiehst, aber heute schaust Du besonders gut aus." Er hatte die Kurve noch gekriegt. „Das Kleid steht Dir gut. Richtig schick bist Du." Ich bedankte mich für dieses ernst gemeinte Kompliment. Ja, Magdalena hatte da doch ein gutes Werk getan. Sie schminkte mich, frisierte mich und wählte auch die passenden Schuhe aus und stellte meine ausgesuchten Turnschuhe wieder ins Schuhregal zurück. Zudem trug sich dieses Kleid

wirklich wunderbar. Nichts drückte und quetschte.
Meine Speckrollen waren zwar da, aber sie waren
nicht zu sehen und ich konnte ihnen den Platz
lassen, den sie brauchten. Ich freute mich über das
Zusammensein mit Rainer und genoss den Abend.
Dann kamen unsere bestellten Hauptspeisen. Als
die Kellnerin uns beim Bestellen fragte, ob wir es
scharf möchten, sagten wir beide „Ja, und
wie!" Dabei kicherten wir wie kleine Kinder, der
Wein wirkte. Die Kellnerin verzog nur den
Mundwinkel und kritzelte etwas auf ihren Zettel.
Und das Essen, mein lieber Schwan, also das Essen
war so was von scharf, dass es schon gar nicht mehr
scharf war. Für das Wort scharf müsste man ein
neues Wort erfinden, so scharf war es. Wir
keuchten und hechelten, lachten aber darüber und
spülten mit Wein und Wasser nach. Wir schwitzen
um die Wette, pusteten und wedelten uns Luft zu.
Um alles essen zu können brauchten wir definitiv
mehr Wein zum Spülen und Kühlen. Man konnte

eigentlich gar nicht andeutungsweise erahnen, worum es sich bei dem Essen handelte. Es sah gut aus, roch lecker, schmeckte aber gleich. Einfach nur scharf. Ich erzählte zwischen den Ess - Erholungspausen von meiner Weihnachtsbaumkaufaktion und meinem daraus folgendem Weihnachtsbaumentsorgungsproblem. Rainer amüsierte sich extrem. Nach dem Hauptgang beendete ich meine Geschichte und er lachte immer noch. Aber, er versprach mir zu helfen und sich um mein Ungetüm zu kümmern. Darüber war ich mehr als froh. Wir tupften uns mit den Servietten die Schweissperlen von der Stirn und die Tränen aus den Augenwinkeln. Beim Kaffee fragte ich ihn nach Susi. Susi hatte sich von ihm getrennt, das wusste ich. „Susi hatte keine Lust mehr. Ich bin ihr zu langweilig." erzählte Rainer. „Sie braucht das Abenteuer." Bei ihm hatte Susi keine Abenteuer. Susi war eine spindeldürre quirlige Person, die viel redete und immer lachte. Sie war nett, ohne Frage,

aber ich konnte mir vorstellen, dass sie nun mal
kein Mauerblümchen war und auch keines sein
wollte. Sie hatte immer kunterbunte Kleider oder
Hosen an, trug ihre roten Haare nach oben mit
einer Blume zusammengesteckt und an ihren
Handgelenken klirrten Armreifen und Ketten. Um
ihren Hals hing ihre Brille, befestigt an einer
goldenen schmalen Kette. Sie war immer barfuss,
auch im Winter. Das fand ich sehr erstaunlich. Sie
erzählte mir von den Urvölkern. Die kennen gar
keine Schuhe. lachte sie. Zudem braucht der
Mensch doch keine Schuhe, wir haben Füsse. Sie
nahm eine Yoga Haltung ein und erklärte mir: Nur
wer barfuss läuft, ist geerdet. Geschützt und im
Reinen. „Susi will immer etwas was erleben, sie will
reisen und sich spüren. Sie ist ein unruhiger Geist,
immer auf der Suche, immer auf Achse. Sie will halt
keinen Mann mit einem Trödelladen." Rainer
rubbelte auf einem unsichtbaren Fleck auf der
Tischdecke herum.„Aber, ich habe halt nur meinen

Trödel." sagte Rainer leise. Ich legte meine Hand

auf seinen Arm: „Also, ich mag Deinen Trödel."

Radfahren

Den Morgen begann ich mit einem Gespräch, einem Gespräch mit mir. Also, ich rede gern mit mir. Ich mag mich halt. Und ich widerspreche mir nicht. Ich bin eine nette Person, mit der ich mich gerne unterhalte.„So Isolde, was machen wir denn heute Schönes?" war mein erster Sonntag – Morgen – Satz. Ich schlenderte zum Fenster, öffnete es und hielt meinen Kopf ins Freie. „Guten Morgen Welt." rief ich. „Der Morgen ist längst vorbei." rief die Welt zurück. Es war bereits nach 2, aber das war mir egal, für mich war Morgen. Ich füllte Wasser in meinen Wasserkessel und zog meine Teeschublade auf. „Mh diese Schublade sollte man mal definitiv aufräumen." In der Schublade stapelten sich nur so die Teepackungen. Ich kramte. „Also irgendwann halt. Aber nicht heute, heute ist Sonntag." Ich bestätigte meine Entscheidung mit Kopfnicken.

„Genau!" rief ich laut und lachte. „Heute ist Sonntag. Ein freier Sonntag. Freie Sonntage sind schon recht selten. Also, was machen wir heute?" Ich hatte richtig Lust auf ein Abenteuer. Mein Gespräch mit mir wurde unterbrochen. Das Telefon klingelte. Es war Elena. Elena hatte ein Problem, so sagte sie. Aha. Elena hatte doch nie Probleme. Bei ihr lief immer alles wie am Schnürchen. „Du hast ein Problem?" fragte ich etwas ungläubig. Aus meiner Chaos -Teeschublade nahm ich nun wahllos einen Teebeutel, der Teekessel schrie schon länger: „Ich bin heiss...ich bin heiss!" Elena erzählte mir von einem geplanten Showabend. „Wir wollen zu den Parillos. Stell Dir vor Isolde, wir haben Karten für die Parillos!" Ich stellte mir das vor, aber dadurch ging es mir nicht anders. „Okay...dann wünsche ich Euch viel Spass." Ich goss das heisse Wasser über den Teebeutel, welcher das Wasser genüsslich aufsog.

„Da liegt ja unser Problem." „Ihr habt ein Problem mit den Parillas?" „Isolde, die Gruppe heisst Parillos. Kennst Du die denn etwa nicht?" Also das klang schon ein wenig vorwurfsvoll. Parilla oder Parillo – das klingt doch alles gleich. So wie Apfel und Birne, dachte ich. „Na das klingt nach Nudeln, oder nicht? Ist das eine Kochshow?" Stille am anderen Ende der Leitung. Dann gequältes Lachen, gefolgt von einem tiefen Seufzer. „Ach Isolde, Du solltest wirklich mehr unter die Leute. Du verpasst ja alles, weisst gar nicht, was so läuft." Irgendwie kamen mir diese Sätze bekannt vor. Sehr bekannt. Meine Mutter pflegte mir dies täglich vorzuhalten. „Immer hockst Du nur in Deinem Zimmer! So findest Du keine Freunde. Irgendwann verlernst Du noch das Sprechen!" Also, Freunde hatte ich. Ich zählte. Elena zum Beispiel. Und...naja, also Elena fiel mir ein. Und........also...naja...ahhh Magdalena! Natürlich, Magdalena ist eine Freundin.....Und ausserdem sprechen kann ich immer, sogar sehr gut. Hab es nicht verlernt. Vor ein paar Minuten erst begann ich den Tag mit einem Gespräch. „Parillos sind keine Nudeln, es ist eine Akrobatikshow aus Italien. Musikalisch untermalt. Und sie sind in unserer Stadt bei uns zu Gast. Für diese Show haben Markus und ich Tickets, für den VIP Bereich! Stell Dir das mal vor." Ich konnte aber nicht herausfinden, ob das jetzt gut oder schlecht war. Elena klang etwas hysterisch. Ich balancierte die Tasse mit dem heissen Tee zu meiner Couch. Ahh da liegt wohl wahrscheinlich das Problem, kombinierte ich. Elena wollte nicht in den VIP Bereich. „Und Du willst lieber daheim bleiben?" fragte ich vorsichtig. „Isolde, ich habe keinen Babysitter." Ahhh, naja, einen Babysitter hatte ich auch nicht. Mhhh ich grübelte und stellte meine Tasse auf den Tisch. „Ich brauche dringend einen Babysitter, sonst fällt der Abend ins Wasser." sagte Elena.

„Okayyyy" antwortete ich gedehnt. Was zum Kuckuck wollte Elena hören? Sie sagte auch nichts mehr. So schwieg ich auch. Aber ich lauschte angestrengt. Vielleicht war ja das Telefon kaputt? Ich schüttelte es. Nichts. Ich klopfte daran. (Mein Vater klopfte immer an alle möglichen Dinge, wenn sie nicht mehr funktionieren wollten. An Lampen, Sicherungen, Türen. Ich glaube, bei meiner Mutter klopfte er auch an. Mehrmals. Aber genutzt hat es nichts.) Da, ich hörte Elena atmen. „Und?" fragte sie. Ahh sie spricht wieder. Und. Was denn und? Mein Gott war das kompliziert. Ein komisches Gespräch. Vielleicht hatte meine Mutter doch Recht. „Kannst Du bei uns Babysitten?" Ich plumpste aufs Sofa. „Was? Ich?" Haha ich konnte ja nicht einmal anständig Radfahren.

In der Wildnis

Aber trotzdem tauchte ich 2 Stunden später in Elenas zu Hause auf. Elena, stand, bezaubernd schön, wie eine Elfe unter Flurlampe. Er ist gerade eigeschlafen." flüsterte sie und wandelte bereits zur offenen Haustüre. Zu den 2 Luftküssen bekam ich kurze Instruktionen. Er schläft immer wie ein Baby, sagte sie. Ahhhhja. Wie ein Baby. Sehr lustig. Ich kicherte. Elena schaute etwas verständnislos. Um 20:00 Uhr will er das Fläschchen haben wollen, sagte sie. Sie habe Milch abgepumpt und in den Kühlschrank gestellt. 2 Minuten erwärmen und ihn füttern. Dann würde er wieder schlafen. Ich solle noch die Windeln kontrollieren und an seinem Hinterteil riechen. Meine Stirnfalten lagen kreuz und quer als Elena das Haus verliess. Maximilian hatte ihn sein Bettchen gelegt. Sie warf mir nochmals 2 Luftküsse zu und eilte davon. Am Auto drehte sie sich zu mir, winkte und rief. „Du schaffst das. Maxi ist so ein liebes Kind. Du wirst Freude an ihm haben!" Ich winkte hilflos zurück und schloss die Tür. Kaum war die Türe verschlossen begann die Freude. Das liebe Kind gluckste kurz vor sich hin und beschloss surfen zu gehen. Er surfte auf einer Schreiwelle. Eine Welle, welche aus dem Glucksen entstand und auf dieser Welle wollte er surfen. Auf einer grossen und lauten Schreiwelle. Ich stürmte in sein Zimmer. Maximilian lag auf dem Rücken und strampelte mit seinen Ärmchen. Seine Händchen waren zu Fäustchen geballt und seinen kleinen Mund hatte er so weit wie es geht aufgerissen. Schrille Schreitöne kamen da aus dem Inneren seines Körpers. Ich kramte aufgeregt nach dem Telefon. Von einem Schrei – Notfallplan hatte Elena mir nichts gesagt. „Er schreit!" rief ich ins Telefon. „Ja, das höre ich." antwortete Elena. „Ja und was muss ich jetzt machen?" „Nimm ihn einfach aus

36

dem Bettchen. Du kannst ihn schaukeln bis er wieder einschläft. Das liebt der Kleine." Alles klar. Ich hob den Knirps behutsam aus dem Bettchen und legte ihn an meine Schulter. So schrie der Kleine mir direkt ins Ohr und seine Händchen verkrallten sich in meinen Haaren. Ich begann ihn zu schaukeln, auf und ab und auf und ab und ja, er beruhigte tatsächlich. Ich war erleichtert. Behutsam legte ich ihn wieder ins Bett. Sobald er aber die Matratze berührte, fing er wieder an zu glucksen. Ich wusste schon was dieses Glucksen bedeutete. Rasch hob ich ihn wieder in die Höhe und schaukelte. Ich schaukelte fest. Er verfing sich wieder in meinen Haaren, aber wenigstens schrie er mir diesmal nicht direkt in den Hals. Aber er schrie. Und er wollte auch nicht aufhören. Sein Kopf war rot. Hunger! Durchschoss es mich. Er hat sicher Kohldampf. Es war zwar noch nicht 20:00 Uhr, seine Mahlzeit – Zeit, aber ich war mir sicher. Maximilian hatte Hunger! Ich legte den kleinen Schreihals ins Bett und raste in die Küche. Etwas umständlich schüttete ich Elenas Muttermilch in die bereit gestellte Flasche. Maximilian schrie auf Hochtouren. „Gleich kommt Hammi Hammi." zwitscherte ich. Das Hammi Hammi war nach 2 Minuten warm. Galant holte ich den Zwerg aus dem Bettchen und stopfte ihm die Flasche in den Mund. Gleich ist er ruhig freute ich mich schon. Nichts da! Der Zwerg wollte meine Flasche nicht. Mhhh war die Milch zu kalt? Zu warm? Ich tropfte auf meine Hand (So hatte mir das Elena gezeigt) konnte aber nichts feststellen. Also, neuer Versuch. Auch der 2. Versuch scheiterte. Der Zwerg wollte keine Milch. Doch keinen Hunger? „Komm schon...feini Hammi Hammi machen. Feini Milchi von Mami. Mhhh lecker Hammi Hammi." versuchte ich ihn zu überreden. Meine Versuche scheiterten. Er drehte den Kopf energisch nach links und rechts, die Milch tropfte auf seinen Hals und schnell war sein Strampler obenrum feucht. Ich stellte die Flasche weg. Hatte ja keinen

Sinn. Also begann ich den Knirps wieder an zu schaukeln, dabei lief ich auf und ab. Auf die Dauer hatte der Kleine doch recht viel Gewicht. Ich hatte das Gefühl ein Stück Beton herumzutragen. Meine Arme wurden lahm und so versuchte ich die Position zu ändern. Das kam nicht gut an. Ich wusste gar nicht, dass der Kleine noch lauter und energischer schreien konnte. Also rasch wieder die alte Position und feste schaukeln. Der Kleine hopste in meinen Armen. Seine Fäustchen rissen an meinen Haaren und langsam beruhigte er sich. Seine Augen schauten munter auf die vorbei fliegenden Dinge. Schrank, Tisch, Uhr, Spiegel, Stehlampe usw. Ich verlangsamte meinen Schritt und das Schaukeltempo. Umso langsamer ich wurde, umso mehr drehte der Knirps an seiner Lautstärke. Ich schwitze. Ich schüttelte,,,ähhh, schaukelte das Baby und lief in einem rasanten Tempo durch das Haus. Nur so kam der Knirps zur Ruhe. Ich lief immer die gleiche Runde. Im Spiegel konnte ich sehen, dass der kleine Schreihals seine Augen weit aufgerissen hatte und von Schlaf keine Spur zu sehen war. Und ich lief immer an der grossen alten Standuhr vorbei. Die Zeiger schienen sich gar nicht zu bewegen. Sie standen immer auf dem gleichen Platz, so hatte ich das Gefühl. Es war kurz nach 5. Elena und Markus wollten um 22:00 wieder zurück sein. Cool, ich hatte ja nur noch reichlich 5 Stunden. „Sieh es als Sport." sagte Isolde zu mir. „So tust Du etwas für Deine Gesundheit und sparst Dir die nächsten 10 Jahre das Fitnessstudio." Ich war total kaputt. Meine Beine waren schwammig, meine Arme wurden immer länger und an der einen Seite meines Kopfes hatte ich bald eine Glatze. Die ausgerissenen Haare lagen noch in des Knirpses Fäustchen. Nur nicht aufgeben, dachte ich. Aber ich brauchte eine Pause. So setzte ich mich auf das geblümte Sofa und legte meine Beine auf den Tisch. Das Konzert begann natürlich sofort. Ich klöpfelte auf dem Rücken des Kindes herum und begann dann meine weiteren Runden. Vielleicht waren die Windeln voll und ich musste am Hinterteil riechen. Ich hob den Knirps hoch und schnupperte. Mhhh er roch. Aber wonach sollte er denn riechen, oder wonach eher nicht. Ich fand, er roch gut, nach frisch gewaschener Wäsche und nach etwas, was ich nicht kannte. Nach Baby wahrscheinlich. Das Baby wollte nicht am Hintern Geschnuppertes und strampelte mit den Beinchen. Ich lief wieder im Stechschritt meine Runden und lief einen gefühlten Marathon. Der Flurteppich hatte bereits ein Trampelpfad. Ich lief meine Runden in einem Tempo, als würden mich ein Rudel Löwen verfolgen. Dabei schüttelte ich das kleine menschliche Wesen auf und ab. Ich selbst biss auf die Zähne. Der Blick auf die Uhr zeigte: „Nur noch 3 Stunden....nur noch 3 Stunden..." Meine Füsse qualmten und der Kleine hing mir schon fast zwischen den Knien. Ich blieb stehen. Der Wicht riss seine Augen weit auf und starte mich an. Er weinte gar nicht. Lächelte er?

Und da begann er zu drücken und sein Kopf wurde purpurrot. Jetzt wusste ich, warum er lächelt. Er ist gar kein liebes Kind, er ist fies, klein und hinterhältig. Seine winzigen rötlichen Locken waren verschwitzt und sein Strampler hatte gelbe Muttermilchflecken. Ich musste gar nicht an seinem Hintern schnuppern. Das zu Erschnuppernde verbreitete sich innerhalb weniger Sekunden und kroch wie ein Wurm in meine Nase. Meine Güte, wie konnte so ein Winzling so stinken? Also...neue Aufgabe. Windeln wechseln. Das Ausziehen war nicht so das grosse Problem. Aber die Windeln wechseln! Als ich seine volle Windel öffnete und der Inhalt vor mir lag, wollte ich umgehend davon rennen. Das war doch nicht möglich! Der Inhalt war so unappetitlich, dass ich diesen gar nicht näher beschreiben möchte. Ich putzte zögerlich an seinen Popo herum und ergriff rasch eine frische Windel aus dem Vorratsstapel. Da passierte es. In einem hohen weiten Strahl entledigte er sich seiner überflüssigen Flüssigkeit und pinkelte meinen Bauch an. Ich freute mich darüber. „Ja das hast Du aber ganz fein gemacht!" „Grrrrrrrrr" mache ich laut und schwupps, das Geschrei begann. „Ja, schon gut Du Wurm, ist ja okay. Du kannst mich ruhig anpinkeln..." Oje, der Wicht verstand aber auch gar keinen Spass. Er brüllte und strampelte und ich versuchte die neue frische Windel zu montieren. Wo zum Kuckuck ist denn da vorn und hinten? Ach, ich wickelte sie einfach drum und hob den Schreihals hoch. Sofort betrat ich mit ihm meinen Löwen Trampelpfad und pirschte umher. Dann war es 20:00h. Essenszeit! Ich legte den Wicht ins sein Bett – das kam auch super an, aber ich war glücklich über die kleine Erholung meiner Arme und erwärmte Elenas Muttermilch zügig. Ich tat gelassen und hob den Schreihals aus dem Bett. Ich wackelte mit dem Fläschchen vor seiner Nase herum. Es tropfte auf den Steinboden. „Schau Du kleiner Mann, feines Hammi Hammi für Dich." Tief holte Klein - Mann Luft und brüllte los. Lauter als vorher. „Na ich will das doch nicht trinken, das ist alles für Dich." Dachte er ehrlich ich will das Zeugs trinken? Dachte er überhaupt was? Ich setzte mich mit dem Knirps auf das Sofa. Schnell stopfte ich im die Flasche in den Mund und genüsslich sog er daran. In grossen hörbaren Schlucken trank er gierig. „Ja, Du Schreihals, nun bist Du ausgehungert. Das wäre ich aber auch." Oh, ich bin das auch, fiel mir grad so auf und mein Magen bestätigte dies. Ich lächelte über das zufriedene Kind und wollte mir nicht ausmalen, was passieren würde, wenn die Flasche leer war. Ich strich ihm über den Kopf. Sein Kopf war gross, warm und rund. Sein Händchen suchten meine Haare. Ein paar Haare hatte ich noch, in diese verkrallte er sich. Er lehnte an meinen Schultern und sein Blick wurde schläfrig. Nun konnte ich sehr intensiv seinen Geruch wahrnehmen. So riecht also ein Baby. Wahr nahm ich auch meine schweren Arme und meine müden

44

Beine. Auch mein Blick wurde schläfrig. Polternd fiel das leere Fläschchen auf den Steinboden und wir waren wach. Beide. Ich lang verbogen auf dem Sofa und der Kleine lag auf mir. Milchreste liefen aus seinem Mund und meine linke Brust war nass. Das spielte eigentlich aber auch keine grosse Rolle mehr. Eine Rolle spielte aber, dass der Zwerg wieder seine Schreiwelle bestieg und in voller Lautstärke surfte. Ahhhh ich wollte auch schreien. Ich schnappte mir den Kleinen und machte mich auf die Pirsch. An der Standuhr hüpfte mein Herz. Noch 30 Minuten, dann sollten Elena und Markus das Haus betreten. Ich lief und lief und lief und als ich am Spiegel vorbei kam, sah ich, dass der Knirps seine Augen geschlossen hatte. Wirklich?! Er war tatsächlich eingeschlafen?! Jetzt musste es klappen. Sanft, sorgsam, und übervorsichtig bettete ich ihn auf seine Federn. Er wachte nicht auf! Ich versuchte meine restlichen Haare aus seinen Fäustchen zu lösen. Hätte ich eine Schere gehabt, hätte ich sie sicher abgeschnitten.

Aber ich hatte keine, also fummelte ich. Ich machte das gut und konnte ein paar Haare retten. Ich richtete mich auf und dehnte mich. Ohhh mein Rücken, meine Arme, meine Füsse, meine Schultern, meine Beine. Mein alles. Es schmerzte von A bis Z. Doch ich lächelte. Der Knirps lag im Bettchen und rührte sich nicht. Seine Augen waren fest verschlossen und er atmete gleichmässig. Gut gemacht, Isolde, lobte ich mich. Die Tür ging auf und Elena schlich herein. „Wir sind da..." flötete sie leise im Flur. Ja und ich bin weg, dachte ich. Ich schleppte mich zum Flur. Elena sah mein nasses Shirt und schickte mir einen fragenden Blick. „Frag nicht." sagte ich. Elena bedankte sich und umarmte mich. Ich hätte ihr den Abend gerettet und erzählte begeistert von der Show. Im Kinderzimmer hörte ich es glucksen. Ich wusste was kommt und beeilte mich zu sagen: „Gern geschehen Elena, aber ich muss jetzt los ...hab noch was ganz Wichtiges zu erledigen. Machs gut." Ich warf einen Blick zurück und erkannte: ich hatte doch tatsächlich einen Trampelpfad auf dem Teppich hinterlassen. Im Kinderzimmer gluckste es lauter, ich musste mich beeilen, winkte kurz und sprang aus der Tür. Fragend liess ich Elena zurück und verliess die Wildnis.

Mutter!

Einkaufen ist nicht immer so einfach und
unkompliziert, wie man vielleicht so meinen
könnte. Sicher, die Sache an sich ist nicht
kompliziert. Aussuchen, einladen, ausladen,
bezahlen, einladen, ausladen, umladen, ausladen,
verräumen. Seit mich meine Mutter im Laden
überraschte, ist es aus, mit gemütlichem
beschwingten: Aussuchen und Einladen. Dabei
gehe ich auch wirklich nur in diesen grossen
Lebensmittelladen am Stadtrand, wenn mein
geliebter Käsekuchen im Angebot ist. Dann
schlage ich nun mal zu. Das ist so und gebe ich
auch zu. Und so ertappte mich meine Mutter, als
ich tief gebeugt und tief versunken in der
Kühltruhe verschwunden war und einen
Käsekuchen nach dem anderen aus der
Versenkung hoch holte und ihn rücklings in den

Einkaufswagen warf. Keine Ahnung wie mich
meine Mutter überhaupt erkennen konnte.

„Isi!" rief sie laut, zornig und gereizt. Ich stiess
vor Schreck mit dem Kopf am Glasdeckel der
Kühltruhe an und blickte verdattert auf meine
Mutter. Hitze schoss mir ins Gesicht. Dabei war
die Atmosphäre ausserhalb der Kühltruhe noch
kälter als in der Truhe selbst. an „Machst Du mich
wieder zum Gespött der Leute?" zischte sie. Sie
tat immer so, als würde die ganze Welt sie
kennen. Dabei hätte sie heute keiner erkannt.
Selbst ich hatte zuerst Mühe meine eigene Mutter
zu erkennen. Sie trug ein Kopftuch und eine
Sonnenbrille. Der lange Mantel und die
hochhackigen Pumps waren mir völlig fremd an
meiner Mutter. Lediglich ihre Stimmte war
unverkennbar. Sie zeterte. Das konnte sie
besonders gut. „Was... soll... das?" fragte sie und
betonte jedes Wort einzeln und zeigte dabei mit
langem Zeigefinger auf meinen
Kuchenpackungsturm im Einkaufswagen.

„Ich kaufe ein." versuchte ich zu erklären. „Klar, einkaufen nennst Du das!" Meine Mutter lachte ein wenig hysterisch. „Einkaufen...!" Sie zählte laut meine Kuchenpackungen und las vor. „Käsekuchen – wie von Grossmutter gebacken. Ein Traum, der auf der Zunge zergeht." Mutter lachte wieder. Und verschluckte sich. 7 Käsekuchen - presste sie hervor und wischte sich eine Träne aus dem Augenwinkel. „Von der Grossmutter gebacken." Sie rief das irgendwie so weinerlich aus. Ich konnte die Aufregung gar nicht verstehen. Was sind schon 7 Kuchen. 7 Käsekuchen reichen mir maximal 14 Tage. Meine Mutter hüstelte vor sich hin und kramte in meinem Einkaufswagen. Als sie die 7 Schlagsahneflaschen entdeckte, war es aus. Sie liess die Schultern hängen, schüttelte den Kopf und rollte wortlos mit ihrem Einkaufswagen davon. Ich bin nicht sicher, ob sie vielleicht einen Herzanfall hatte, aber ich wollte auch nicht nachfragen.

Bei meiner Mutter wusste man nie so recht. Hätte ich nachgefragt, hätte sie womöglich erst recht einen Herzinfarkt bekommen, obwohl sie vorher gar keinen hatte. Darum liess ich das lieber. Seit dem Tage an, jedenfalls, kaufte ich vorsichtiger ein. So rollte ich heute in der Gemüseabteilung hin und her, bevor ich mich in Richtung Kühltruhen wagen wollte und blickte mich wie ein Detektiv um. Ich hob Blumenkohl und Broccoli in die Höhe und linste dabei mit schmalen Augen von links nach rechts. Ich spähte zwischen Gurken und Tomaten und hielt Ausschau nach Bekanntem. „Suchen Sie etwas Bestimmtes?" fragte eine hilfsbereite Verkäuferin in weissem Kittel. Ich flüsterte: „Ja, meine Mutter. Haben Sie sie gesehen?" Etwas besorgt schaute mich die Verkäuferin an und hielt mehr Abstand zu mir. Gerade als ich bei den Zwiebeln war, rutschte mein Herz in die Hose. Bernd und Daniel tänzelten in den Laden. Was?!

Ausgerechnet die beiden. Ich blinzelte zweimal. Nein! Den beiden wollte ich auch nicht begegnen. Schliesslich war ich immer noch in Daniel verliebt. Und als Daniel mir von der Liebe zu Bernd gestand, zerbrach etwas in mir, was bis heute zerbrochen blieb. Bernd und Daniel amüsierten sie über irgendetwas und scherzten herum. Es stichelte ein wenig in meiner Herzgegend. Mein Mund stand offen und ich war kurz starr vor Schreck, denn Bernd und Daniel kamen schnurstracks auf mich zu. Auf dem Weg beluden sie ihren Wagen mit Tomaten, Zucchini, Kartoffeln und Ingwer. Ich duckte mich. Zwischen dem Kräuterregal und dem Obst hockte ich mich hin und machte mich ganz klein. Die Verkäuferin kam zu mir. „Haben Sie ihre Mutter gefunden?" Ich zischte und machte für sie undefinierbare Handbewegungen. Sie schüttelte den Kopf und stellte sich zu Sellerie und Kohlrabi.

Bernd und Daniel kamen, den Stimmen nach zu urteilen, immer näher. Ich spähte aus meinem Versteck. Bernd und Daniel standen mir genau gegenüber und rochen gegenseitig am Fenchel. Als sie dann in meinen Gang einbogen, machte ich mich winzig klein. Vielleicht hätte ich mir die Augen zuhalten sollen, dann hätten sie mich sicher nicht gesehen. Aber dies tat ich nicht. Und so erwischten sie mich. „Isolde!" riefen beide. Ich drehte mich herum und blickte auf. „Was machst Du da?" fragte mich Daniel verdutzt. Die Sellerie – Kohlrabi Verkäuferin rief die Antwort, ohne sich zu uns umzudrehen: „Sie sucht ihre Mutter." Ich verdrehte die Augen. Dieses Versteckspiel war gar nicht lustig. Was noch fehlte, war die Durchsage: „Die kleine Isolde sucht ihre Mutter. Abzuholen am Obst und Gemüseregal."

Venedig

Manchmal meint es die Welt auch gut mit mir. Und wenn die Welt auch nur Elena hiess. Letztens traf ich mich mit ihr in unserem Eiscafè. Also es ist natürlich nicht unser Cafê, aber wir sind eben oft und gern dort, darum nennen wir es *unser* Cafê – klingt doch gut. Ich war ein wenig zu spät. Ich bin öfters irgendwo zu spät, so wunderte ich mich auch nicht, dass Elena nicht da war. Sie hatte sich angewöhnt, bei unseren Treffen einfach 10 Minuten nach der verabredeten Zeit zu kommen. Dann trafen wir auch meist zusammen irgendwo ein. Und so war es auch an diesem Tag. Ich betrat das Cafê, grüsste Georgina hinter der Kuchentheke und schon bimmelte die Türglocke wieder und Elena trat herein. Ich freute mich sie zu sehen. Sie hatte den kleinen Maxi dabei. Einen herzallerliebsten kleinen

Jungen, wenn er schlief. Elena hatte die Haare hochgesteckt, ihr Nackenhaar kräuselte sich spitzbübisch und ihre Wangen waren Apfelrot. Sie umarmte mich und zog mich zum nächsten Tisch. Sie hatte klein - Maxi in einem Tragetuch eingepackt. Nur das Köpfchen schaute heraus. Maxi schlief. Ich streichelte ihm über den Kopf und sog den Babyduft ein. „Ich muss Dir was erzählen." freute sich Elena. „Ohhh, ich dir auch!" rief ich. Elena strahlte mich an. „Also, du zuerst." Ich machte es spannend und hob meine kleine Handtasche langsam nach oben und legte sie auch ganz langsam wieder ab, auf den Tisch. Dabei summte ich ganz dramatisch. Und wurde gegen Ende etwas lauter. „Tarraaaaa." Die Leute links und rechts schauten zu uns und ich liess sie teilhaben. Aus dem Inneren der Tasche zog ich einen Umschlag. „Ich habe gewonnen!" rief ich und freute mich wie ein Himbeerkeks.

„Du erinnerst Dich doch dass wir im Schmuckladen da vorne an der Ecke." Ich stand polternd auf und zeigte umständlich aus dem nächsten Fenster hinaus. Elenas Augenbrauen zogen sich zusammen. „Was hast Du gewonnen?" Sie schien neugierig.

„Ein Wörterbuch." sagte ich stolz. Also ich war auch stolz. Ich hatte noch nie etwas gewonnen. Nicht mal einen Trostpreis. Bei mir war jedes Los eine Niete.

„Ein Wörterbuch?" Elena war erstaunt.

„Nun…" sagte sie „Das ist doch wunderbar, oder nicht?" „Ja, das ist klasse! Ein Wörterbuch Italienisch – Deutsch und andersrum." Ich freute mich als hätte ich den Hauptpreis gewonnen und strahlte vor mich hin. Ich konnte gar nicht oft genug lesen: „Sie haben gewonnen." Und mit „sie" war ich gemeint. Ich, Isolde Weisshaupt, die noch nie etwas gewonnen hatte. Na klar war ich happy. Ich strahlte also wie ein Marienkäfer, schob meine Hände unter den Po, schaukelte mit den Beinen und sagte: „Jetzt bist du dran!"

„Naja." sagte Elena. „Ich habe auch gewonnen." Ehrlich? Mhhh so was aber auch! Sie hob ihre Handtasche nicht so dramatisch in die Höhe wie ich es tat. Sie zog einfach einen Umschlag aus der Tasche und schob ihn mir zu. „Sie haben den Hauptpreis gewonnen." las ich murmelnd. „Und verbringen 10 Tage im 5 Sterne Luna Bagiloni in Venedig". Wow! Jetzt war ich sprachlos und zugegeben auch etwas neidisch. Meine bis über beide Ohren hängenden Mundwinkel zogen sich langsam wieder zurück. Ich freute mich scheckig ein Wörterbuch gewonnen zu haben und Elena hamsterte den Hauptpreis ein. „Cool." sagte ich zu Elena und schob den Brief schweigend zurück. Natürlich freute ich mich für sie, aber ich hätte mich auch gefreut, wenn ich den Hauptpreis gewonnen hätte. Manchmal meint es die Welt auch nur mit anderen gut. „Isolde." Elena legte ihre Hand auf meinen Arm.

„Ich möchte Dir den Gutschein schenken. Ich möchte, dass du für mich nach Venedig reist und 10 tolle Tage in diesem Hotel verbringst." Sie kreiste mit flachen Händen auf ihrem Tragetuch herum und sagte: „Du weisst ja, so ein kleines Kind braucht schon sehr viel Zeit. Ich kann also gar nicht nach Venedig reisen." „Was??" Wollte Elena mich veräppeln? Nein, Elena meinte es ernst und bestand darauf den Gutschein anzunehmen. Und nein, sie wollte im Gegenzug auch nicht meinen Gewinn, das Wörterbuch, annehmen. „Das brauchst du doch dann in Venedig." lehnte sie ab. Ja, das stimmte natürlich auch wieder. So lag mir das Wort Venedig wie ein Caramel – Sahnebonbon auf der Zunge. Ich konnte den ganzen Tag daran lutschen und es geniessen. Venedig…..Ich komme....

Mehr Bewegung

Gerade, als ich meinen Teller zu Mund führen
wollte und meine Zunge bereits Stellung bezogen
hatte um die letzten Krümel des feinen
Käsekuchens vom Teller zu lecken, legte sich eine
Hand schwer auf meine Schulter. Die Finger krallten
sich regelrecht in mein Fleisch und verwundert
schoss mein Kopf herum. Ich blickte in 2 schmale
Augen. Sie sahen ein klein wenig zornig aus. Ein
komisches Gefühl machte sich in mir breit. Es
waren die Augen meiner Mutter! Ihr Blick verhiess
nichts Gutes. „Isiiiii!" säuselte sie singend und kniff
mich noch mehr. „Welch eine Überraschung!" Isi!
Sie wusste doch, dass ich dieses Isi hasste. Ein
blonder Wuschelkopf tauchte hinter meiner Mutter
auf und winkte mir schon von Weitem.
„Iiiiiiisssiiiiii!" rief diese Person. Schon an der

dominanten Stimme konnte ich sie erkennen. Busenfreundin Helga! „Ja, Isi, so eine Überraschung!" rief sie jetzt quer durch das Cafè. Nun steuerte auch Helga direkt auf mich zu. Ich wollte schreien, aber eigentlich war ich sprachlos. „Naaaaa, was machst Du denn hier?" Helga gab mir einen kräftigen, aber scheinbar freundschaftlichen Klaps auf den Rücken. Ich hüstelte verlegen und wand mich aus der Umklammerung meiner Mutter. Busenfreundin Helga war genauso neugierig wie meine Mutter. Sie blickte sich um und strahlte mich an: „Sag mal Isi, bist Du allein hier?" Ich nickte stumm. „Und was machst Du hier?" fragte meine Mutter mich allen Ernstes. Ich stellte den Kuchenkrümel Teller ab. „Also hier findet gleich ein Strickkurs statt und ich habe mich dafür angemeldet." Ich grinste in mich hinein. Das sass! Ganze 5 Sekunden war es still. Verständnislos starrte meine Mutter mich an. Ihr Dutt war heute strenger als sonst gebunden, die schwere

Perlenkette prangte starr auf ihrer Brust. Ihr Brustkorb hob und senkte sich recht schnell. Ihr Lippenstift und das Karokleid sassen perfekt und die Handtasche war farblich abgestimmt. Ihre Stirn lag in Falten und sie roch nach Mottensäckchen und Lavendel. Helga war nicht so eine Perfektionistin. Helga trug eine blaue Leinenhose und eine bunt gestreifte Bluse und eine grosse blaue Ansteckblume in der Knopfleiste. Ihre Haare waren immer wild. Wild wie ein blonder Löwe. Meine Haare lassen sich einfach nicht bändigen, pflegte Busenfreundin Helga stets zu sagen. So wie man auch mich nicht bändigen kann. Und dann lachte sie immer aus vollem Halse. Und ja, Helga hatte die Pantoffeln an. Zu Hause meine ich. Harry, ihr schweigsamer Mann (kein Wunder, bei Helga kommt man auch nicht so schnell zu Wort) übernahm üblicherweise die Hausarbeit: kochte und kaufte ein. Helga malte und den Rest erledigte die Putzfrau. Letztlich mit Pandora ging Helga Gassi.

Dann schlurfte sie in Schlappen mit dem kleinen Pudelmix durch den Park und rauchte kleine Zigarillos. Nach 5 Sekunden Ruhe schepperte Helgas schrilles Lachen durch das Cafè. Ihr Lachen kroch in meinen Gehörgang und verkeilte sich dort. Die Leute schauten sich nach uns um.

„Strickkurs!" Hahaha. Und wieder bekam ich einen kräftigen Klaps auf den Rücken. Helga schnappte nach Luft, wie ein Fisch und machte dabei komische Laute. „Isi Du bist urkomisch!" Meine Mutter fasste einmal mehr in ihrem Leben an ihre Brust. Helga beruhigte sich nur langsam und wischte sich eine Lachträne aus dem Augenwinkel. Meine Mutter schaute mich von oben nach unten an: „Von wegen Strickkurs. Fresskurs passt da wohl eher." Abschätzend schaute sie auf meinen Krümelteller und raunte mir ins Ohr. „Ich denke eher, Du solltest Dich mehr bewegen als mehr essen!" Was noch mehr? Hah!

„Also, keine Sorge, ich beweg mich schon genug." konterte ich trotzig. Jetzt bin ich doch schliesslich doch schon dreimal zum Kuchenbuffet gelaufen.

Aufwärmen

Der Wecker klingelte, dabei hatte ich doch heute frei? Eigenartig. Ja nun, nun bin ich wach und konnte den Tag mal früh starten. Mein Teekessel riss mich aus den Gedanken und ich verspürte ein leichtes Zucken in meinem Bauch. Kein Wunder, so früh am Morgen hatte ich immer Kohldampf. Ich riss die Kühlschranktür auf und tarraaaa: ein grosses Stück Käsekuchen lag fett und breit auf dem

Blumenteller und lächelte mich an. Dieses Stück Kuchen hatte ich gestern tatsächlich nicht mehr geschafft und musste bis zum nächsten Morgen warten. Da lag es nun. „Ja, komm zu Mami." freute ich mich und pikste die Gabel in den Kuchen. Galant wie eine Bedienstete stolzierte ich gerade zum Tisch und verbeugte mich. „Bitte sehr die Dame. Ein ausserordentlich leckeres Stück Kuchen für Sie gnädige Frau." Ich stellte den Teller auf den Tisch, schenkte eine Tasse Tee ein und warf mich auf den Stuhl. Genüsslich schob ich mir einen Bissen in den Mund, schloss die Augen. Mhhhhh wie lecker das wieder war! Ich schaufelte nach. Und liess meine Augen kreisen. Sie kreisten bis zum Kühlschrank. Einige Buchstabend brannten sich in den Augen fest. Ich blinzelte fest und kniff die Augen zusammen und hörte auf zu kauen. Schnupperstunde im „feel good". „Wir machen Sie fit" am Dienstag 10:00 Uhr. Oh Schreck, es durchrann mich. Ich zählte nach. Dienstag. Ja, heute war Dienstag. Ich zählte

nochmals. Dienstag. Oh je. Dienstag, Dienstag,
Dienstag. Ich schaufelte meinen Kuchen weiter in
mich hinein ohne den Blick von dem Zettel am
Kühlschrank zu lösen. Und zählte rastlos die Tage.
Das Ergebnis war immer gleich. Dienstag! Wieso
war heute Dienstag? Vielleicht sollte das nächstes
Jahr sein. Nächstes Jahr, Dienstag 10:00. Ich wusste,
es war kein Termin für das nächste Jahr, es war ein
Termin für HEUTE! Ich pikste die letzten Krümel auf
und leckte den Teller ab. So doof. Nun musste ich
auch noch Sport machen. Ich konnte Mutter nicht
enttäuschen. Konnte ich krank sein? Nein, damit
kam ich sicher nicht durch. „Isolde, Du musst wohl
in den furchtbar sauren Apfel beissen." Mit
hängendem Kopf kniete ich vor meiner
„Sportschublade." Darin fand ich Balettschläppchen
aus dem Kindergarten, einen Fanschal, eine
lilafarbene glänzende Leggings und 2 Tops. Eins war
gelb mit blauen Sternchen und das andere blau mit
gelben Sternchen. Es dauerte eine Weile bis ich

mich für ein Oberteil entschied und genauso lange dauerte es auch, bis ich in den lilafarbenen Leggings stand. Ich starrte in den Spiegel. Bin ich das? Mein Blick war fragend. Ich spitzte meinen Mund und zog den Bauch ein. Ein Unterschied war nicht zu sehen. Die Leggings quetschte meinen Bauch ab und ich fühlte mich zweigeteilt. Ich stülpte mir einen langen weiten Pullover in XXL darüber und sah nun obenrum richtig gut aus. „Na dann los." gab ich mir selbst das Kommando, schnappte ein Handtuch und verliess tapfer das Haus. Ich musste etwa 15 Minuten laufen. Schon von Weitem sah ich die mit Reklame behangene Front des Fitessstudios. Bilder von durchtrainierten Frauen und Männern begrüssten mich und anregende Slogan durchkreuzten meinen Blick. Heimlich, fast auf Zehenspitzen schlich ich durch die breite selbstöffnende Glastür. Ich steuerte etwas unsicher auf den Tresen zu und raffte mich auf. „Guten Morgen, Isolde Weisshaupt, ich bin zum

Schnuppern hier." Mein Gott kostete das
Überwindung. Nein, nicht, diesen Satz zusagen. Das
zwar auch, aber schon das ganze Theater im Vorfeld.
Kam doch meine Mutter einfach dazu mir ein
Probeabo für 3 Monate zu lösen. 3 Monate Sport!
Jetzt stellt Euch das doch mal vor! Ich und 3 Monate
Sport machen! „Du musst doch etwas für Dich tun.
Warum lässt Du Dich so gehen? So findest Du nie
einen Partner. Seit Jahren bist Du allein. Du wächst
ja nur noch in die Breite und musst Hosen mit
Gummibund tragen...." Ich tat gelangweilt. Denn
ich trug gern Gummibundhosen, die waren echt
bequem! Und, ich war nicht allein. Frau Kramer
wohnte im Haus und zudem hatte ich ja auch ein
Aquarium, mit Bulli. Bulli war ein Siamesischer
Kampffisch. Bulli war auch allein, er hatte seine
Artgenossen alle aufgefressen. Er wollte gar keinen
um sich herum. Mit Bulli verstand ich mich gut. Er
kam immer ganz dicht an die Scheibe und
beobachtet mich. Eigentlich beobachtete er mich

immer, kam mir jetzt so in den Sinn. Ich begann zu überlegen. Ob Bulli mich auch fressen möchte? An mir hätte er sicher einige Jahre zu kauen. Meine Mutter schlug mit der flachen Hand auf den Tisch und ich erschrak: „Ich werde das jetzt selbst in die Hand nehmen." sagte sie energisch. Naja und 2 Tage später stand sie mit einem Prospekt in der Hand vor meiner Tür und den Tag darauf mit einem Gutschein. Probeabo. 3 Monate. 3 Monate soll ich Sport proben? Als ich ins Gesicht meiner Mutter schaute wusste ich, dass ich keinen Rückzieher machen konnte und sie es sehr ernst meinte! Und darum war ich hier, nur darum. Ich fühlte mich nicht wohl in meiner Haut. Das Mädchen hinter der Theke, sicher noch keine 20, mit grossen dunklen Augen und sorgsam gezupften Augenbrauen tippte einige Male auf dem Tablett herum, breitete ihre Arme aus und sagte, dass ich das Studio zur freien Verfügung hätte.

Ich durfte alles ausprobieren was ich wollte, wenn ich Fragen hätte, sollte ich zu ihr kommen. Sie zeigte mir ihre weissen perfekten Zähne, trommelte auf die Theke und starte auf meine Leggings. Na gut, wagen wir das Experiment. In den Umkleidekabinen sollte ich mich umziehen, aber das war ich ja bereits. Ich stand sportlich top ausgerüstet auf der Matte. Das Handtuch um den Hals gelegt, die Strümpfe bis zu den Knien nach oben gezogen und die Klettverschlüsse meiner etwas ausgelatschten Nike Schuhe fest angezogen. Ich tippelte in den ausladenden Raum. Dieser war zugestellt mit Foltergeräten aller Art. Einige Leute stemmten und zogen schwitzend und keuchend an Gewichten, andere lagen auf Matten und verbogen sich. Ich staunte nicht schlecht. Ich wusste gar nicht wohin ich vor Schreck als erstes gehen sollte. Auf diese Folterbänke wollte ich keineswegs und verbiegen auf der Matte – das sollte ich nur gegen Geld machen. Aber da. In Reih und Glied standen da

71

Fahrräder. Das kannte ich. Also Fahrräder kenne ich schon, nur fahren konnte ich nicht besonders gut. Diese aber waren fest montiert auf einer Stütze. Das war sicher einfach! Ich steuerte ein Fahrrad in der letzten Reihe an und kletterte umständlich hinauf. Ich rutschte im Sattel umher und begann zu treten. Uff, ganz schön anstrengend. Mein weiter Pullover störte dabei auch ein wenig, aber ausziehen kam nicht in Frage. „Jetzt mal Vollgas geben." murmelte ich und legte mich ins Zeug. Ich schaffte bestimmt so 5 Umdrehungen und machte dann schlapp. Ich keuchte und pustete und liess die Beine hängen. Eine Herde Frauen kamen quatschend und kichernd in den Raum. Sie hatten ein Handtuch im Nacken und klickten irgendwie alle auf ihrer Uhr am Handgelenk herum. Sie kamen in meine Richtung und ja...die Frauen stiegen galant, Bein überschwingend auf ein Rad und begannen ruhig zu treten. Mein Herz blieb fast stehen. Was um Himmels willen wollten die alle hier? Sie kicherten und redeten unentwegt. Bis ein muskulöser Typ den Raum betrat und schnurstracks zu den fest montierten Rädern kam. Sein blaues Handtuch im Nacken leuchtete. Nun blieb mein Herz aber wirklich stehen. Die Frauen klatschten und jubelten. Hallo? Was lief denn hier ab? Mein Kopf wurde heiss und hinter meinen Ohren sammelte sich Feuchtigkeit. Der Schönling bestieg das Rad, klatschte in die Hände, drückte einen Knopf und schon hämmerte Musik aus den Lautsprechern über unseren Köpfen. Ich schaute mich irritiert um. Neben mir war eine junge Frau in kurzen Sportshorts. Ihr Körper war braungebrannt. Sie lächelte und nickte mir zu. Sie schien sich zu freuen. Über irgendwas. „Angel ist so heiss" raunte sie mir zu. Wie bitte was? Ich zog eine „Ich - habe - nur -Bahnhof – verstanden – Grimasse" und bewegte meine Lippen zu der Frage „Wie bitte?" Die junge Dame konnte nicht Lippen lesen und hatte nur noch Augen für den Muskelprotz. Der

Schönling begann zu treten und die Frauen taten es ihm gleich. Ich trat mit. Was sollte ich auch sonst tun. Schweiss rann mir den Rücken hinunter und unter meinem Pullover war die Hölle. Heiss, glühend, brennend. Wahrscheinlich stieg bereits Rauch aus meinem Kragen. Er legte einen Zahn zu und spornte die Frauen an. Okay...ich biss auf die Zähne und wollte ja nicht auffallen. Ich trat in die Pedalen als rannte oder fuhr ich um mein Leben. Meine Zunge klebte am Gaumen. Doch was war das? Der Schönling rief: „lets go meine Damen. Wir starten jetzt! Go Go Go Go Go!" Wir starten jetzt? Womit denn? Also ich sah nur Striche. Die Beine des Schönlings waren gar nicht mehr erkennbar. Er trat in die Pedalen, wie ich es noch nie sah. Ich blickte mit angsterfüllt um. Alle Frauen taten es ihm gleich. Mir wurde übel. Was machen die um Himmelswillen? Ich konnte nicht mal ansatzweisse da irgendwie mithalten. Ich brauchte unbedingt eine Pause und meine Puddingbeine traten nur noch mechanisch die Fahrradrunden. Ich hatte genug. Ich war am Ende! Um mein Fahrrad herum hatten sich bereits Pfützen gebildet und in wenigen Minuten würde ich mich auflösen, verflüssigen sozusagen. „Stufe 1!" schrie der Schönling. Die Frauen jauchzten. „Und Stufe 2!" Die Frauen jubelten. „Jetzt die 3!" Die Damen kreischten und stöhnten gleichzeitig. Der Schönling hatte sich aus dem Sattel gehoben und strampelte im Stehen. Die Frauen taten es ihm gleich. „Go Go Go Go!" feuerte er uns an. Ich nahm etwa 5 Go`s mit, dann war bei mir die Luft raus. Ich kochte und dampfte unter meinem Pullover. Schweiss rann mir den Bauch und den Rücken hinab. Inzwischen waren sie bei Stufe 8. „Ja, Ihr sein Spitze!" jubelte der Schönling. Die Frauen pusteten und jauchzten sich bis auf Stufe 10. Ich blieb auf meiner Stufe. Stufe Null. Und damit hatte ich schon voll und ganz zu kämpfen.

Mein Oberkörper war wuchtig nach vorn gebeugt und schwerfällig rollte ich links und rechts mein Gewicht, damit ich besser in die Pedalen treten konnte. Mein Kopf glühte und meine Haare waren klatschnass. Mein Magen schmerzte, meine Arme wollten zerbrechen und über meine Beine wollte ich gar nicht sprechen. Dann klatschte der Schönling in die Hände, drückte auf das Knöpfchen. Die hämmernde Musik verstummte. Er trocknete sich mit dem blauen Tuch das Gesicht. Alle stiegen von ihren Rädern. Die Frauen stiegen schwatzend von ihren Rädern und klatschten dem Schönling Beifall, dabei kicherten sie und tuschelten untereinander. Sie verliessen alle die Fahrradstation und verschwanden im hinteren Teil der Halle. Ich versuchte vom Rad zu steigen. Meine Fingen wollten die Umklammerung der Griffes gar nicht lösen, sie waren steif. Meine Beine spürte ich nicht mehr, so fiel ich wie ein nasser Sack vom Rad. So lag ich nun wie eine Robbe und robbte zum offenen

Fenster. Mir war entsetzlich übel. In meinem Magen tanzen Käsekuchen und Früchtetee Tango. Ich wollte keinen Tango. Nicht einmal Walzer. Ich rollte mich seitlich und kroch über den Boden. Dabei stiess ich mich mit den Füssen vorwärts. Ich hatte das offene Fenster im Blick und dieses wollte ich ganz schnell erreichen. Jede Sekunde zählte. Der Tango bewegte sich bereits in meinem Hals nach oben. Gerade noch rechtzeitig erreichte ich das offene Fenster und übergab mich ins Freie. Es war einfach schrecklich. Aber auch eine Wohltat. Als mein Käsekuchen Früchtetee Gemisch sich bis auf das Letzte befreit hatte, öffnete ich die Augen und atmete tief durch. Dabei fiel mein Blick nach unten. Unter dem Fenster war der Fahrradständer. Die geparkten Räder waren schlicht vollgekotzt. Voller Schrecken griff ich nach meiner Orangensaftflasche und schüttete aus dem Fenster meinen Saft auf die Räder. Ich wollte die Fahrräder mit diesem Saft reinigen. Waschen, so quasi. Zu meinen

Kotzbröckchen gesellten sich nun sonnengelbe Fetzen des frisch gepressten Saftes die in der Sonne gleich austrockneten. „Ach da bist Du!" hörte ich es rufen. Wer ist wo? Blitzschnell drehte ich mich herum, setzte mich auf den Fenstersims und wischte mit dem Pulloverärmel meinen Mund ab. „Bist Du das erste Mal hier?" Der Schönling wars und baute sich vor mir auf. Die Sonne schien ihm ins Gesicht. Sein dünnes Hemdchen liessen viele Muskeln erahnen. Er reichte mir die Hand. „Ich bin Angel". „Und ich bin Isolde." japste ich. Ich machte mich vor dem Fenster gross und breit und nahm aber dabei eine gelassene Haltung ein. Dies versuchte ich zumindest. Hinter mir stieg süsslich säuerlicher Geruch auf. Die Sonne brannte mir auf den Rücken und mein Schweiss rann in meine Unterhose. „Ich finde es super, dass Du so gut mitgemacht hast." Er nickte anerkennend mit dem Kopf.

Ich war nicht sicher, ob mein Magen wirklich ganz leer war. Ich lächelte tapfer und nickte. „Die meisten Leute beginnen sanft, mit Yoga, Jump It oder anderen Sachen. Aber Du stürzt Dich gleich zu den Rädern. Respekt, Respekt!" Mein Mund verzog sich zu einer Miene. Eigentlich wollte ich nur aufstehen und gehen. Aber ich wollte dem Schönling nicht die Sicht aus dem Fenster freigeben und meine Puddingbeine waren noch nicht stabil. So blieb ich auf dem Sims hocken und schaute auf meine Fussspitzen. Ja, Isolde, da hast Du Dir wieder was eingebrockt, summte es in meinem Hirn. Ich nickte so vor mich hin. „Bist Du nachher wieder mit dabei?" Dabei? „Wobei?" fragte ich vorsichtig. „Na bei den Bikes." „Was ist bei den Bikes?" Ich verstand die Welt nicht, ahnte aber irgendwie nichts Gutes. „Dann geht's los!" lachte Angel.

Ein grosses Fragezeichen stand zwischen meinen Augen. Angel klopfte mir aufmunternd aufs Knie und sagte: „Das war die Aufwärmrunde und jetzt starten wir mit dem Training". Haha, klar. Das war sicher ein Scherz. Ein Dienstagsscherz. Doch der Schönling wartete wirklich auf meine Antwort. Ich glaube, ich muss mich erst mal übergeben, murmelte ich und rannte davon. Ich wollte mich nur noch auskotzen, aufgewärmt hatte ich mich ja bereits.

Turbofrau

Ich parkte mein neues weisses Damenrad mit dem roten Bastkorb an der Hecke und stieg die 5 Stufen zum Haus hinauf. Mario bat mich, seiner Mutter ein Rezept zu bringen. Sie ist immer so aufgedreht, erzählte er. Irgendwann bekommt sie einen Herzinfarkt, darum sollte sie immer ihre Pillen haben. Er drückte mir den Umschlag in die Hand und einen Kuss auf die Wange.

„Danke!" Und nun stand ich auch schon vor der Hausnummer 22. Hinter der Haustüre hörte ich eine weibliche Stimme, die ohne Unterbruch schnatterte. Ich suchte die Klingel, fand aber nur einen goldenen Löwenkopf mit Ring in der Nase, der als Türklopfer diente. Also klopfte ich. Die schnatternde Stimme unterbrach nicht. Ich lauschte geduldig und klopfte nochmals. Und diesmal wurde das Klopfen erhört und klappernte Schritte näherten sich. Die Tür wurde aufgerissen. Eine kleine und spindeldürre Frau packte mich am Arm und zog mich direkt in den Flur. Sie hielt mit der linken Hand ihr Handy ans Ohr und quasselte unaufhörlich weiter. So stand ich nun im Flur, immer noch in der Umklammerung dieser merkwürdigen Frau. Sie trug einen roten Petticoat mit schwarzen Schmetterlingen drauf. Die hochhackigen Schuhe machten sie wohl um Einiges grösser und trotzdem hätte ich ihr auf den Kopf spucken können. Natürlich tat ich so etwas nicht. Ich käme auch nicht auf die Idee. Also nur manchmal. Die Quasselstrippe hielt ihr Handy am ausgestreckten Arm vom Ohr weg und zischte so etwas wie: "na endlich". Dann drückte sie ihr Handy wieder ans Ohr. Sie hatte ihre Haare zu einem Berg toupiert, bestimmt, damit sie so grösser wirkt. In ihrem gebleichtem Haar konnte ich ein pinkfarbenes Haarband mit grosser Schleife sehen und eingeklammerte Haarteile. Links und rechts standen die Haare höher und sahen aus wie grosse Haarohren. Gebannt starrte ich darauf. Es sah wirklich aus wie Ohren mit Haaren. Die Quasselstrippe war mit ihrem Telefonat fertig, legte das Handy auf die weisse Holzkommode. Sie zog mich in den Flur und öffnete die erste Schranktüre. „Hier sind Staubsauger, Putzlappen und...schauen Sie." Ich war verblüfft. Also ich zeigte niemanden meine Putzsachen. Also gut, ich hatte auch nur 2 Flaschen. Ein Spray für die Küche & Bad und ein Raumspray. Sie aber zeigte auf unzählige Sprayflaschen und Öle, Reinigungsmittel und Pflegeprodukte. Okay, sehr nett von der Dame, dass sie mir ihre Utensilien zeigt. In Turbotempo holte sie immer wieder in Fläschchen nach dem anderen aus dem Schrank, hielt mir diese dicht vor die Nase und ersetzte sie nach wenigen Sekunden durch eine neue Flasche. Das ging so schnell, dass ich nicht einmal den Namen auf der Flasche lesen konnte. Den Backofenreiniger, über welchen sie sicher 5

Minuten redete, kannte ich nicht, aber ich wollte mir den auch kaufen. Scheinbar wirkte er Wunder. Sie packte mich wieder am Arm und zog mich im Turbotempo weiter. Wie konnte sie in den hochhackigen Stakseschuhen so einen Affenzahn an den Tag legen. „Shushu und Pinky sind ganz wunderbar." Die Turbofrau zeigte auf zwei kahle winzige Hündchen mit grossen Augen. Sie hatten je ein Tuch um den Hals und Fell am Schwanzende. Ihre Ohren waren spitz und sie knurrten ein wenig, als sie mich sahen. „Sie sind so lieb und wohlerzogen." plapperte sie, wand ihre Finger ineinander und schaute an die Zimmerdecke. Sie sind mein Ein und Alles." Dann schaute sie mir direkt in die Augen und umklammerte mein Handgelenk. „Aber, sie vertragen keinen Lärm. Sie müssen unbedingt ins Gästezimmer gebracht werden, wenn sie staubsaugen." Ähmmm wie bitte? Hatte ich staubsaugen gehört? „Also ich..." stammelte ich. Sie hob die Hand. Sie hielt die flache Hand mir vors Gesicht. „Moment, ich bin noch nicht fertig." Sie klapperte davon. Ich stand wie angewurzelt. Sie winkte energisch. „Nun kommen sie doch!" Sie war ein wenig ungeduldig. Die Turbofrau öffnete eine Tür nach der anderen und wir liefen von einem Zimmer ins nächste Zimmer. Sie gestikulierte und zeigte immer auf irgendwas, erzählte mir was über Teppichböden und Gardinen, über Holzoberflächen, Polituren, Sprays, Besen und Reiniger, Bürsten und andere Dinge, die teilweise noch nie gehört hatte. Ich wollte ihren Redeschwall stoppen, fand aber keine Pause. So tippelte ich dem Turbohäschen flink hinterher, nickte stets freundlich mit dem Kopf, wenn sie mich fragte, ob ich sie verstehe. Im Badezimmer verbrachten wir die meiste Zeit. Wie ein Wirbelwind klapperte von einer Ecke in die andere und zeigte mir unaufhörlich Dinge, die mich eigentlich gar nicht interessierten. Meine Augen konnten ihr gar nicht so schnell folgen. Sie war einfach unglaublich. Ein Wortschwall erreichte meine Ohren und ich schaltete auf Durchzug. Nur vereinzelt blieben Wortfetzen hängen. Das Aufziehpüppchen in den hochhackigen Schuhen hatte wirklich Ausdauer. Sie quasselte und quasselte wie eine Maschine. Vielleicht hatte sie aber auch einen Turboknopf den man bei ihr abschalten könnte. Gerne hätte ich danach gesucht. Ich schwitze schon ein wenig und holte tief Luft. Wir kamen irgendwann endlich wieder im Flur an und sie fragte mich wieder ob ich alles verstanden hätte. Ohne meine Antwort abzuwarten, sagte sie, dass sie nun gehen müsste, aber in 30 Minuten schon wieder zurück käme. Ich hielt meinen Umschlag in die Luft und versuchte zu Wort zu kommen. „Ich habe einen Brief, der ist von…" Sie unterbrach mich. „Ich weiss doch, aber ich habe alles schon per E-Mail bekommen." Sie riss mir den Umschlag aus der Hand, legte ihn auf die Kommode, riss den Schal vom Haken und griff nach dem Handy. Sie drückte einen Knopf und schwupps verschwand sie schon wieder in ihrem Wortschwall. Ein Schweisstropfen rann mir von der Schläfe in den Hals. Sie plapperte, unaufhörlich. Wirr scannte ich sie von oben nach unten ab, wo hatte sie ihren Knopf zum ausschalten? Sie musste einen haben. Sie klapperte zur Haustüre und rief mir zu: „Sie haben 30 Minuten!" „Aber ich...!" Doch die Tür fiel ins Schloss und es war ruhig. Mir stand der Mund offen. Hilfe, in welchem Schlamassel war ich jetzt wieder gelandet? Gleich darauf hörte ich den Schlüssel im Türschloss und dann schnelle kleine und laute Schritte, die sich vom Haus entfernten. Was? Hatte sie mich etwa eingeschlossen? Ich rüttelte an der Tür. Tatsächlich! Oh Gott. Ich war gefangen! Ich wollte schreien. Ich raufte mir die Hände und lief ins Wohnzimmer zum Fenster. Doch da, ein Schlüsselgeräusch. Ich rannte zurück. Mir fiel ein Stein vom Herzen. Die Tür öffnete sich. Aber die Verrückte steckte nur ihren Kopf durch den

Türspalt: „Der Staubsauger hat auch einen Turboknopf, benutzen Sie den." Und dann: Schlossgeräusch, Schritte, Ruhe.

„Einschalten?" Ich hämmerte gegen die Tür „Ich will ihn ausschalten!"

Turboknopf

Okay, ganz ruhig Isolde. Ich lief auf und ab.
Überlegen, nicht durchdrehen. Ich wollte nach
einer weiteren Tür suchen und lief durchs Haus.
Das Haus war so gross, dass ich Zimmer betrat,
die ich bei der Hausvorstellung wohl noch gar
nicht gesehen hatte. Gut, ich hatte ja auch nur 2
Zimmerchen, in welchen ich hauste, da waren 4
Zimmer schon ein Schloss. Hinter mir knurrte es.
Huch! Ich blickte mich um. Ahhh die süssen
Hundchen. Die süssen Hundchen fletschten die
Zähne. Ich kam irgendwann wieder im Flur an
und stand vor dem geöffneten Putzschrank. Ich
blickte auf den Staubsauger. Ist das jetzt der mit
dem Turboknopf. Das könnte ich ja schnell
probieren, bevor ich weiter nach einem Ausgang
suche. Ich kramte den Sauger aus dem Schrank
und zog ihn zur nächsten Tür. Diese Schiebetür

war mit bunten Glaseinsätzen bestückt. In dem Raum stand ein grosses Bett mit einem rosaroten Betthimmel. Das Bett schien weich und gemütlich. An den Fenstern hingen leichte türkisfarbene Gardinenschals. Ein erhabener prunkvoller Kerzenständer dominierte den Raum. Überall hingen Gemälde und moderner Schnickschnack. Das grosse mit Jesusbestückte Holzkreuz über dem Bett passte da zwar nicht so ganz zu den anderen bunten Dekosachen, aber das Bett musste doch herrlich bequem sein. Mit einem Schwung warf ich mich drauf und versank gleich in den weichen Kissen. An der gegenüberliegenden Wand prangte ein Deko – Hirschgeweih, an welchem über und über lange Perlenketten hingen. Ich überlegte. Was macht sie nur mit so vielen Ketten überlegte ich. Vielleicht für jedes Kleidungsstück eine Kette? Oder zu jedem Haarband? Aber wenn sie immer so im Turbotempo durch das Leben hastet, könnte keine Kette brav an ihrem Hals hängen

bleiben, sie würde ja immer hinterher schwingen.
Oder sie muss sich die Ketten 2 x um den Hals
wickeln. Vielleicht trugen ja auch ihre süssen
Hundchen ab und zu Ketten. Ich zuckte. Also,
meine Muskeln zuckten. Ups, ich war
eingeschlafen. Mein Mund stand offen und meine
Mundwinkel waren feucht. Zum Glück hatte ich
nicht auf das Kopfkissen gesabbert. Ich riss die
Augen auf und starrte in 2 Paar Hundeaugen. Die
süssen Hundchen hatten die Ohren angelegt und
sassen regungslos auf der Bettdecke. Oh oh und
Isolde pennt hier in Frauchens Bett. Vielleicht
würden sie mich beissen wollen? Ich hatte zwar
keine Angst, die Viecher waren so winzig, dass
ihre Bisse wohl eher Pinzettenpikser ähneln
würden. Aber trotzdem war mich recht unwohl.
Mein Herz klopfte und ich dachte plötzlich an
Kameras. Hatte die Turbofrau auch
Turbokameras im Zimmer die im Eiltempo ihr
Bilder aufs Handy liefern? Von Bildern einer
fremden Frau im Bett? Ich lauschte...Hörte ich

schon jemanden kommen? Ich rannte zur Tür, rüttelte, lauschte, aber konnte nichts hören. Die Tür war noch immer abgeschlossen und Turbohäschen war auch nicht zu hören. Ich schlurfte ins Schlafzimmer zurück und gähnte laut. Die süssen Hundchen waren weg. Nur 2 Kuhlen waren auf der Bettdecke und eine dritte, etwas tiefere und breite Kuhle von mir. Ich suchte oberflächig nach den Vierbeinern und rief nach ihnen. Ich pfiff und schnalzte mit der Zunge aber es kam weder ein Hund oder ein anderes Tier zum Vorschein. Nun wendete ich mich wieder dem Staubsauger zu. Stecker eingesteckt und angeschaltet. Laut brummte er auf. Ich liebte Staubsauger. So stark und gierig verschlangen sie alles. Ich fuchtelte mit dem Staubsaugerrohr herum und stach wie ein Degenfechter in die Luft. Dann entdeckte ich auch den Turboknopf und drückte sofort drauf. Sogleich veränderte sich das Brummen in einen höheren Ton und ich konnte die Kraft des Saugers spüren. Das

Staubsaugerrohr vibrierte leicht und ich kämpfte wieder mit der Luft. „Da, Du Bösewicht, nimm dies!" rief ich und stach mit dem Staubsaugerrohr durch die Luft. „Und dies auch!" Ich fuchtelte mit dem Rohr herum und kämpfte mit dem unsichtbaren Feind. Dann machte es plötzlich so ein komisches lautes Geräusch. Ich spürte, dass irgendwas durch das Staubsaugerrohr rappelte. Nervös schaltete ich den Staubsauger aus und mir blieb das Herz stehen. Also fast. Denn im ersten Moment dachte ich an die süssen Hundchen. Hatte ich die Hundchen eingesaugt? Ich kannte da so ein Filmchen welches mit Elena mal lachend vorgespielt hatte. Also nein, das Filmchen war schon nicht echt, nur eine Animation. Aber nein, Unsinn, diese Hundchen waren zwar klein, aber sie würden stecken bleiben. Und mindestens das Hinterteil würde aus dem Staubsaugerrohr heraus schauen. Da schaute aber nichts heraus. Ich montierte das Rohr ab und blickte hinein. Leer. Also im Rohr steckte nichts. Auch kein

Hundchen. Mhh, ich überlegte und schaute mich aufmerksam um. Hatte ich etwas eingesaugt? Und wenn ja, was denn? Jesus! Oh Gott! Jesus! Ich bekam einen Schweissausbruch und mein Herz raste. Nein, der Jesus! Ich konnte es nicht fassen, doch dort, über dem Bett, wo das Kreuz mit dem Jesus hing, hing nur noch das blanke Holzkreuz. Jesus war verschwunden. Ich hatte Jesus eingesaugt!

Jesus

Ich fing an zu hyperventilieren. Oh Gott, warum tust Du das mit mir rief ich gegen die Schlafzimmerdecke. Warum lässt Du zu, dass Jesus eingesaugt wird? Ich kniete vor dem Stausauger, kehrte ihn um und schüttelte ihn. Es krümelten Staub und Hundetrockenfutter heraus. „Jesus, wo bist Du? Bist Du da drin?" rief ich. Ich schüttelte nochmals. Ein paar Hundekrümel mehr gesellten sich zu den ersten Krümeln. Ich könnte vielleicht noch eine Weile schütteln und die süssen Hundchen hätten ein komplettes Abendessen. Wo waren die Hundchen eigentlich? Mir fiel ein, dass ich sie ja keinen Lärm mögen. Oder vertragen? Oder wie war das noch mal? Sind sie jetzt tot? Vor Angst gestorben? Liegen sie irgendwo und werden nicht gefunden, bis sie anfangen zu stinken? Isolde! Reiss Dich zusammen und entscheide Dich. Was war jetzt wichtig. Hundchen oder Jesus? Und was war mit der Turbofrau? Wie spät war es denn überhaupt? Wollte sie nicht nach 30 Minuten zurück sein? Fragen über Fragen! Oh Gott ähhhm oh Jesus! Wild rannte ich durchs Haus und rief nach den Hundchen. Ich pfiff, rief und schnalzte mit der Zunge. Dann bremste ich ab. Die Hundchen lagen im Hundebett und schliefen. Glaubte ich zumindest. Hunde gefunden. Super. Aufgabe eins; abgehakt. Also zurück zum Turbosauger von der Turbofrau. Ich öffnete den Bauch des Saugers und fand den Staubsaugerbeutel. Er war recht voll. Ich versuchte den Inhalt zu ertasten. Allerdings konnte ich Jesus nicht fühlen. Schere – durchschoss es mein Hirn. Ich rannte wieder los, suchte die Küche, riss dann alle Schubladen auf, nachdem ich die Küche fand und griff die Schere im Besteckkasten. Mit der Schere in der Hand jagte ich wieder zurück. Hatte es hier wirklich keine Kameras? Ich glaube, die würden mich sofort abholen und in einer Zwangsjacke abtransportieren. Vielleicht müsste ich in eine Gummizelle. Gab so was überhaupt? Ich verlangsamte meinen Schritt und dachte nach. Vielleicht sind Gummizellen auch lustig. So links und rechts und oben und unten alles so weich. Ich könnte mich gegen die Wände werfen und nichts passiert. Wie in einer Hüpfburg. Hallo? Isolde! Aufwachen! Staubsauger? Jesus, weisst Du noch? Ja, ich wusste und rannte los. Durch mehrere Zimmer bis zum Staubsauger. Unschuldig mit offenem Bauch lag er vor mir. Ich schnippelte sofort los. Ich trennte den gefüllten Staubsaugersack auf und schnitt eine grosse Öffnung. Staub, Krümel, Haare und Perlen...quollen hervor. Aber kein Jesus! Oh wo war nur der Jesus? Ich musste mit den Händen suchen. Wie ein Arzt, der den Brustkorb auseinander zieht, öffnete ich den Sack. Ich steckte meine rechte Hand hinein und wühlte konzentriert im Inhalt.

Es polterte. Ich erschrak und blickte auf. Die Turbofrau! Eine weitere Schweisswelle überrollte mich. Mit weiten Augen starrte sie mich an und wich langsam zur Tür zurück. „Was zum Teufel suchen Sie?" Ich musste nicht überlegen „Den Jesus!"

Mein Beinahetot

In dem Moment hätte ich gerne gelogen. Die Turbofrau starte mich entgeistert an. „Also den werden sie da drin bestimmt nicht finden!" Ha, gute Frau, hast Du ne Ahnung, hätte ich gerne gesagt, schluckte den Satz aber hinunter. Ihr wisst schon...Gummizelle und so...Ich wedelte mit der rechten Hand in der Staubsaugerbeutelstaubwolke, denn ich durfte die Frau im Schmetterlingskleid auf keinen Fall aus den Augen lassen. Sie war mir plötzlich unheimlich. Ihr Teint war blass, oder weiss und die Augen dunkel, mit so einem roten Schein, so schien es mir. In ihrer Armbeuge baumelte ein kleines rotes lackfarbiges Täschchen, welches in der Sonne glänzte. Sie starrte mich an und fuhr mit ihrer Linken langsam in die Tasche. Mir standen Schweissperlen im Nacken und ich wedelte schneller um besser durch die Staubwolke schauen zu können. Die Schmetterlingsfrau stand mitten in der Tür. Ich könnte sie überrennen oder aus dem Fenster springen, das waren momentan die 2 einzigen Optionen. Ich stopfte den zerfletterten Staubsaugerbeutel wieder in die Maschine und klappte den Deckel zu. Ich klappte ein paar Mal. Also ich wollte ihn zuklappen, aber er klemmte. Der zerfletterte Beutel war eingeklemmt. Ich riss blind am Deckel, mein Herz raste. Die Schmetterlingsfrau hatte mich hypnotisiert. Mit einem Ruck zog sie ihre Linke aus dem Lacktäschchen und flüsterte: „Ich sage ihnen nur eins...." Dann schwieg sie und streckte mir ihren Arm entgegen. Was? In ihrer Hand war eine Pistole! Ganz sicher! Sie funkelt in ihrer Hand. Ich stand kurz vorm kollabieren und übte bereits die Schnappatmung. Ich war zu 100 Prozent sicher, eine Pistole zu erkennen. Die Schmetterlingsfrau zielte mit einer Pistole auf mich. Oh nein! Sie

wollte mich erschiessen! Ich musste sterben.
Jetzt! Jetzt? Oh man...und ich hatte doch noch 2
Stückchen Käsekuchen im Kühlschrank. Gerne
hätte ich geschrien, aber nur Krächzen kam aus
meinem Munde. Jetzt war es also soweit. Heute
sollte ich sterben. Und wo wollte sie mich denn
entsorgen? Was war denn heute eigentlich für ein
Tag? Egal, mein Sterbetag... Aber eigentlich war
es heute viel zu schön um zu sterben. Die Sonne
schien und ich habe doch jetzt ein neues Fahrrad.
Und nun sollte ich sterben? Plötzlich war ich
traurig und schluchzte laut. Sehr laut. Ich heulte
und hielt mir die Hände vor die Augen und hielt
die Luft an. Im Geiste sah ich die 2 leckeren
Stücken Käsekuchen. Ich wartete auf den Schuss
und kniff die Augen zu. Und da klickte es auch
laut und es klickte noch einmal, dann roch es
nach Rauch. Brannte ich schon? Ich linste durch
meine Finger. Die Schmetterlingsfrau zog tief an
einer Zigarette und bliess den Dunst in meine
Richtung und hauchte „Eine Anstellung

bekommen sie bei mir sicher nicht." beendete sie ihren Satz. Sie steckte die silberne Pistole ins rote Täschchen und drehte mir den Rücken zu. Ich tastete mich ab und suchte nach Einschusslöchern. Ich klopfte an meinem Körper herum, staubte aber nur. Ich hatte doch tatsächlich überlebt! Sie hatte mich am Leben gelassen! Wie grosszügig von ihr. „Verlassen Sie jetzt auf der Stelle mein Haus!" hörte ich die grosszügige Dame rufen. Und dies liess ich mir nicht 2 x sagen und stürmte in den Flur und rannte aus der Tür. Dann holte ich erst mal tief Luft. Überlebt! Ich jubelte innerlich. Dann sprang ich die 5 Stufen zur Strasse hinunter und kollidierte knapp mit einer jungen Blonden. „Guten Tag. Ich bin die neue Putzfrau." rief sie mir entgegen. Oh wie schön. „Ich habe heute den Vorstellungstermin, bin ich da richtig hier?" Ich blieb stehen und musterte die Blonde. „Ja, Schätzchen, sie sind goldrichtig." Ich klopfte auf mein staubiges Oberteil und sagte mit aufgesetzter Stimme. „Also der Staubsauger hat eine Turbofunktion und im Schlafzimmer muss unbedingt noch Ordnung gemacht werden." Ich lächelte. „Und wenn sie den Jesus finden, dann hängen sie ihn bitte wieder auf." Die Blonde schaute etwas ungläubig. „Ja nun hopp hopp, es räumt sich ja nicht von alleine auf." Dann schwang ich mich auf das weisse Damenrad und radelte etwas wackelig, aber froh und überlebt davon.

Eine Wertmarke ist viel wert

„Aber nicht dass ihr euch schon an den Kaffeetisch setzt!" hörten wir die drohende mütterliche Stimme. Ich schaute Basti an und machte eine Kopfbewegung Richtung beigen Samtsofas am anderen Ende des Wohnzimmers. Ganz leise schoben Basti und ich die Stühle wieder an den leeren Kaffeetisch und liessen uns ins tiefe Fauteuil, wie Mutter ihr stinknormales Sofa bezeichnete, sinken. Mutter hatte bald Geburtstag und das war immer schon Wochen vorher sehr anstrengend. Mutter war angespannt und man durfte sie in keinster Weise aufregen. Alles musste perfekt werden. Ihre Geburtstage waren stets eine Luxusparty mit Häppchen und Buttler, mit Pianist und Zauberkünstler. Basti und ich waren an diesen Tagen die Runner, unbezahlt versteht sich. Und ungewürdigt. Basti hämmerte auf seinem Handy herum und ich starrte auf das Gemälde von Gaby Steinhart, welches eine Symbiose aus Farben zeigte, in dem man versinken konnte. Doch Mutter holte mich auf das Samtsofa zurück. „Iiiissi, hörst Du mich?" Sie stand direkt vor mir. Ihr Dutt sass straff und die Augen waren etwas zu blau geschminkt. „Ich müsst mich schon etwas unterstützen." maulte sie herum. „Wie soll ich denn alles schaffen? Wozu habe ich Kinder?" Sie stemmte die Hände in die Hüfte. Ich war nicht sicher, ob sie tatsächlich eine Antwort erwartete. „Isi, Du wirst den Volvo waschen." Sie legte den Autoschlüssel auf den Tisch und kramte in einer Schublade. „Hier hast Du noch eine Wertmarke für die Waschanlage." Ich wusste, ich musste den Wagen in Handarbeit schruppen und brauchte gar nicht zu fragen, ob ich in eine Waschstrasse durfte. Der Volvo war ihr Ein und Alles. Und eigentlich durfte ich mich als gehoben schätzen, dass ich ihn überhaupt fahren dufte.

Ich brach sofort auf, eher noch mehr Aufgaben auf mich zu kamen. Ich packte Schlüssel und Wertmarke in die Hosentasche und machte mich aus dem Staub. Der Volvo roch alt und irgendwie nach Oma. Es war eine grosse breite Kiste, die sich wie ein Schiff genüsslich in Bewegung setze. Ich musste ziemlich weit fahren, denn die Waschanlage befand sich am Stadtrand. Mutter bestand darauf, dass ich die Waschanlage vom Döner Hassan aufsuchte. Den Zusammenhang zwischen meiner Mutter und dem Döner Hassan verstand ich allerdings nicht. War mir aber auch nicht so wichtig. Ich balancierte geschickt in das 3. Waschfeld ein und stieg aus. Ich zog die Wertmarke aus meiner Hosentasche und warf sie ein. Der Automat blinkte auf und wollte gewählt werden. Spülen, Vorspülen, hartnackiger Dreck, Saumreiniger, Schmutz lösen, grob Reinigen, Heisswachs, Glanz usw.

Ich war etwas überfordert und drehte das Rad auf Vorspülen. Fröhlich spülte ich vor und nahm meine Aufgabe ernst. Aus dem Innenraum des Volvos tönte Musik. Ich hatte den Schlüssel stecken gelassen und das Radio auf Anschlag gedreht. „Its raining man haleluja..." kreischte ich mit und spritzte mit der starken Wasserstrahldüse den alten Volvo ab. Eigentlich strahlte er schon, aber für Mutter war er sicher noch matt und glänzte zu wenig. Ich drehte das Rad auf Schaumreinigen und schuppte mit der unentwegt Schaum speienden Bürste das Auto ab. Weisser Schaum blubberte aus der Bürste und ich schuppe gemütlich vor mich hin. Ich machte das echt gut. Das war wie Sport, richtig anstrengend. Aber es machte auch Spass.

Aus dem Inneren des Volvos erklangen neue Töne „ Car wasch..." jaulte ich auf und schwang die Hüfte. Ich tänzelte mit meiner Schaumbürste um das Auto herum. So ein fleissiges Schaumbürstchen. Ich lächelte. Ich machte Movebewegungen und tänzelte so auf das Rädchen zu. „Spülen" wählte ich aus und nahm nun die Wassersprühpistole aus der Halterung. "lets go!" rief ich und hielt die Pistole auf das Auto. Ein harter Wasserstrahl traf den Volvo. Ich war etwas von der Heftigkeit überrascht. Ein leichter Sprühnebel überdeckte mich. Kleine Tropfen setzten sich auf mein Haar und meine Bluse war schnell feucht. Die Stärke des Wasserstrahls machte richtig Lärm. Das Nummernschild war bereits vom Schaum befreit. „Im sexy and i now it." Ein toller Song, da musste man doch einfach mitsingen. Yääh, so machte auch das Arbeiten Spass.

Der Spass aber hörte aber von einer Sekunde auf die nächste auf. Und zwar recht überraschend. Denn plötzlich blubberte der starke Strahl der Sprühpistole wie die letzten Tropfen aus einer Giesskanne. Hallo? Was ist da los? Ich schaue in die Düse und drückte auf dem Schalter herum. Nichts passierte. Ich schüttelte die Düse, ohne Reaktion. Nur ein seichter Strahl, welcher gerade mal eine Schneckenspur im Schaum hinterliess. Ich drehte am Schalter, doch egal was ich auswählte, es passierte nichts. Dann sah ich auch das eindeutige rote Lämpchen, was wohl soviel wie: „Geld ist alle" bedeuten sollte. Ohhh, so was Blödes. Ich steckte das streikende Düsending in die Halterung und öffnete die Autotür. Lautstark quakte das Radio „Über sieben Brücken musst Du geh'n." Schnell drehe ich das Radio leiser. Ich wollte jetzt nirgendwohin gehen. Höchstens auf die Suche nach Kleingeld. Ich fand Papiertaschentücher, eine Regenschutzhaube für die Haare,

2 Lippenstifte und 12 Haarnadeln, eine leere runde Pillendose, einen gehäkelten Klopapierüberzieher ohne Inhalt, Hustenbonbons und weitere Dinge, die es nicht wert waren erwähnt zu werden. Meine Güte, ich brauchte doch nur eine Münze! Eine einzige Münze. Doch nichts! Ich kramte in meinen Hosentaschen. Nichts. Jacke. Nichts. Nochmals Hosentasche, wieder nichts. Ich krempelte das ganze Auto um. Nichts. Ahhhh! Ich wollte schreien. Ich lief um das Auto herum. Das Einzige, das erkennbar war, war das Nummernschild. Ansonsten stand der Volvo komplett unter Schaum. Still setzte ich mich in das Schaumauto und liess den Motor an. Die Scheibenwischer waren im Element und setzen sich gleich in Bewegung und präsentieren mir ein streifenfreies Sichtfeld. Links und rechts aber waren Schaumberge, genauso wie auf dem Dach, auf der Motorhaube, an den Türen und auf dem Kofferraum. Langsam fuhr ich los und bog links in die Kreuzung ein. Ich verlor links etwas Schaum.

Ich machte mich klein hinterm Lenkrad. Die Ampel schaltete auf Rot und ich bremste ab. Ein weisser Schaumschwall rutschte langsam über die Frontscheibe auf die Strasse. Grün – ich gab Gas. Vollgas. Sicher hatte der Autofahrer hinter mir Schaum auf seiner Motorhaube. Nächste Ampel, wieder Rot. Ich bremste energisch. Schaum rutschte über meine Frontscheibe und hinterliess hässliche Spuren. Ich schaltete die Scheibenwischer auf Turbo und der Schaum spritzte nur so nach allen Richtungen. Dann musste ich in den Birkenweg abbiegen. Aus der Ferne sah ich Basti und meine Mutter vor den 3 Birken stehen. Regungslos. Es sah aus wie ein Gemälde. Ein Stillleben sozusagen. Ich bremste etwas zögerlich vor den beiden ab und stieg aus. Ich war durchgeweicht, meine Hosen klebten und mein Schaumauto glitzerte in der Sonne. Basti lachte lauthals auf. Er kriegte sich gar nicht mehr ein. Ein Ruck meiner Mutter in die Rippen liess ihn nur kurz verstummen. „Möchtest Du Dich dazu äussern?" fragte meine Mutter und riss mir den Schlüssel aus der Hand. „Also, naja...alles begann gut, doch dann war das Geld alle." Meine Mutter riss die Augen auf. „Geld alle?" Sie tat so als ob sie die 2 Wörter nicht verstünde. Basti unterdrückte sich das Lachen und ich schaute ihn böse an. „Nächstes Mal wäschst Du die Kiste." zischte ich ihm zu. Meine Mutter schaukelte den Autoschlüssel vor meinen Augen hin und her. „Wieviel Geld brauchst Du noch für ein Auto zum waschen?" geiferte sie. Ich erkannte, dass am Autoschlüssel sicher 20 Wertmarken für die Waschanlage hingen. In diesem Moment war auch ich sprachlos. Wieviel wert doch so eine Wertmarke hatte.

Bäckerin

Na klaaaaar konnte ich Kuchen backen. Also
natürlich keine Torten, aber Kuchen schon.
Nichts Kompliziertes halt. Einfach einrühren und
backen, also das konnte ich schon. Glaubte ich.
Das konnte doch Jeder, oder? So einfache
Rührkuchen eben. Backmischungen.
Backmischungskuchen. Und heute war „Backtag".
In Grossbuchstaben prangte die Wörter „KUCHEN
BACKEN" auf einem gelben Postit am
Kühlschrank. Frau Kramer hatte Geburtstag und
ich wollte sie mit einem Kuchen überraschen.
Und Magdalena natürlich auch. Ich hatte bereits
mein Geburtstagsoutfit an. Eine helle Leinenhose
und einen hellgrünen weichen Strickpullover mit
einer Schleife. Ich wollte nur noch rasch den
Kuchen backen, den Backmischungskuchen. Auf
Socken schlurfte ich in die Küche.

Die Backmischung lachte mich in bunten Farben an. Also das Bild lachte mich an. Auf der Vorderseite der Packung war eine Frau mit 2 Kindern abgebildet. Alle Drei strahlten um die Wette und hatten ihre Mundwinkel hinter die Ohren geklemmt. Wahrscheinlich hatte der Fotograf einen unheimlich guten Witz erzählt und im richtigen Moment abgedrückt. Ich verstand keine Witze. Von mir hätte er also kein Foto machen können. Naja, hatte er ja auch nicht. Ich bin heute die Frau, welche die Mischung zusammen rührt. „Sie fügen noch hinzu: 3 Eier, 150 Gramm Butter, 100 ml Milch." Also kramte ich frohgemut alle Zutaten aus dem Kühlschrank und reihte sie vor mir auf. Ein Tetra Pack Milch, ein Stück Butter und 3 Eier. 2 Eier kugelten sofort von der Arbeitsfläche und lachten mich vom Fussboden an. Bevor ich überhaupt starten konnte, musste ich somit erst einmal den Boden putzen. Dann aber war ich für meine Backkünste parat. Ich freute mich. Das wird einfach! Die

Backmischung schüttete ich in eine grosse Schüssel. Ich muss ja eigentlich nur alles zusammen schütten, rühren und backen. Ich frohlockte. Gesagt getan – 3 Eier, Milch, Butter hinterher geworfen. Na bitte! Schon fast fertig. Nun suchte ich 10 Minuten nach dem Mixer. Diesen fand ich dann doch in der Schublade unter dem Herd. Er surrte auch prima, als er Strom bekam. Ich stöpselte die Aufsätze am Mixer ein, schaltete auf höchste Stufe und... lets go! hielt den Mixer voller Elan in die Glasschüssel. Es rumpelte und ratterte und Teile flogen davon. Teile meiner Backmischung und Teile der Butter. Die Milch spritzte, die Eier verschlangen sich um die Aufsätze und spritzen mir bis ins Gesicht. Krampfhaft mixte ich weiter. Es schepperte mächtig und ein Mixeraufsatz flog davon. Er landete mit Getöse und Geschepper in der Spüle, verkeilt in einem Stück Butter. Ich klopfte und pulte die Butter ab, welche in meinen warmen Fingern ganz weich wurde. 2. Versuch. Aufsatz wieder eingestöpselt und losgemixt. Diesmal startete ich langsamer und es spritzte weniger. Einen „geschmeidigen Teig" sollte ich machen. Ich mixte was das Zeug hielt und wich tapfer den wenigen Spritzern aus. Mein Teig schien mir dann auch irgendwann mal überaus geschmeidig, dass ich den Mixer abstellen und meine verkrampften Finger von diesem Turbomaschinchen lösen konnte. Nun den Teig in die Form einfüllen und ab ins heisse Öfelchen. Ich kicherte und dachte, warum auch immer, an Hänsel und Gretel. Der heisse Ofen schrie nach den Kindern, also nach Nahrung meine ich und so schob ich rasch die Kastenform hinein. Ich begutachtete meine Umgebung. Leider klebte ein Grossteil meines Teiges an der Küchenfront, an der Kühlschranktür, an meinem Geburtstagspullover, auf meiner Geburtstagsoutfit - Leinenhose und in meinen Haaren. Ja, sogar im Gesicht. Und die Kastenform war auch nicht mehr so voll, wie angedacht, aber der Kuchen würde ja noch aufgehen. Also widmete ich meine Kunst dem Aufräumen und Putzen. Ich füllte den Geschirrspüler und riss die Schülmaschinentabs – Schublade auf. Gähnende Leere. Keine Tabs. Okay. Mhhh, alles wieder ausräumen und von Hand abwaschen, dachte ich, als mein Blick auf Flasche mit dem Geschirrspülmittel am Spülbecken fiel. Das geht sicher auch. Also, eingefüllt bis zum Strich, Powerknopf gedruckt und Go! Die hellen Teigspritzer an der nun heissen Backofentür wurden bereits braun und hart und rochen bereits köstlich. Also blieb mir nichts anderes übrig, als diese Kuchentropfen abzupulen und in meinem Mund zu sammeln. Laut Anleitung hatte mein Kuchen noch ein paar Minuten. Also schlenderte ich ins Badezimmer, zog den mit Teigspritzern übersäten Pullover und die Hose aus und stopfte sie in die Waschmaschine. Es klickte laut, als das „Kurz –Waschprogramm und der 30 Minuten Timer für den Wäschetrockner startete. Schon toll solche Maschinchen, dachte ich. In wenigen Minuten konnte ich wieder in mein Geburtstagsoutfit steigen, sauber, trocken, ungebügelt. Ich machte noch ein paar Kraftposen vor dem grossen Spiegel in Flur. Zwar hatte ich nun nur noch Unterwäsche an, aber auch in voller Kleidungsmontur hätten meine Posen keinen Unterschied gebracht. Es roch schon herrlich nach frischem Kuchen und ich war happy. Ich hatte einen Kuchen gebacken. Also fast. Fast hatte ich den gebacken...fehlten nur noch einige Sekunden. Das Wasser lief mir bereits im Munde zusammen. Ich kicherte vor mich hin. Heute war ich also eine Bäckerin, eine Backmischungsbäckerin.

Schaumbändiger

Ich schlenderte den kurzen Weg in die Küche
zurück und blieb erstaunt auf halbem Wege
stehen. Aus meiner kleinen Küche wälzte sich
eine weisse Schaumlawine. Huch, wo kommt das
denn her? Ich wagte einen Blick um die Ecke und
sah ungläubig auf den Schaum, welcher sich aus
der Tür des Geschirrspülers drückte. Es quoll
sogar aus meinem Spülbecken heraus und tropfte
Schwallweise auf den Boden. Ach! Das Spülmittel
in der Geschirrspülmaschine war wohl doch nicht
so eine gute Idee! Mein Küchenboden war ein
Meer aus weissem Schaum. Ich hätte ein gutes
Bild als Alohagirl mit einem Blumenkranz um
den Hals und einem gut gefüllten Cocktailglas in
der Hand abgegeben. Ach nein, wohl eher doch
nicht. Ich schaute an mir herab. In Unterhose und
BH rannte ich zum Schuhschrank und angelte

nach den orangefarbenen Gummistiefeln. Die waren noch aus meinen Kindertagen. Aber meine Füsse waren eben nicht mehr gewachsen, somit hatte ich diese Gummistiefel mit den gelben Schmetterlingen immer noch. Ich schlüpfte barfuss hinein und siehe da – sie passten noch. Ich stapfte zurück zu meinem Schlammbad...ähhh Schaumbad. Ach herje! Ich überlegte kurz was nun zu tun war Der heisse Ofen schrie bereits, dass die Kinder, ähh der Kuchen fertig gebacken war. Ja, das war ja auch das Wichtigste. So stapfte ich durch die Schaummassen zum Ofen, riss die Ofentür auf. Der Kuchen musste jetzt warten. Ich starrte fassungslos auf die Schaumschwaden, die sich ohne Unterbruch aus der Maschine und der Spüle wälzten. Zuerst einmal stoppte ich die Geschirrspülmaschine. Das war eine gute Entscheidung. Ich öffnete das Gerät und vor lauter Schaum war kein Geschirr mehr zu sehen. Ich sah rot...ähh weiss. Alles war weiss. Und dieser weisse Schaum knisterte fröhlich vor sich hin. Ich schaufelte mit einem Schüsselchen den Schaum vom Boden auf und schüttete ihn in die Spüle. Leider war in der Spüle auch schon genug Schaum. Die Spüle wollte nicht noch mehr Schaum. Also schaufelte ich den Schaum in einen Topf und schüttete ihn dann im Badezimmer in das Waschbecken. Überall liess ich auch das Wasser laufen um den Schaum zu bändigen. Ich war recht schnell ausser Puste. Und die Lust verging ganz rasch, irgendwie. Es nahm ja auch kein Ende. Schaum, Schaum, Schaum, wohin ich sah. Musik! Ich brauchte Musik. Ich stampfte in Unterwäsche, aber mit Stiefeln zum Radiowecker. Nachrichten, nein, Blues, nein, passt jetzt nicht, Hörbuch....ohh Hörbuch. Das klang doch toll. Ich machte laut und setzte mich in den Sessel. Also, ich wollte mich setzen, aber mein Blick streifte die Küche. Schaum! Aha! I S O L D E nix mit Hörbuch hören...Du musst bist doch jetzt Schaumbändiger.

Sender gewechselt

Also, nächster Sender. Wow, das klang toll. Poppig, kräftig, schwungvoll – das passte. Ich drehte die Lautstärke noch höher und verschwand in der Küche. Ich kniete im Schaumberg. Mechanisch schöpfte ich den Schaum vom Boden auf. Ich wusch, saugte, rieb und pustete. Ich klopfte, schob und schaufelte. Die Musik war gut und unterstützte mich. Ich hatte schon alle meine Handtücher auf dem Boden verteilt und schüttete bereits zum dritten Male einen Schaumwassereimer in die Spüle. Mein Rücken tat schon weh und meine Unterwäsche war feucht. Schaum lief in meine orangefarbenen Stiefel hinein und ich schwitzte. Leider konnte ich nicht mehr abziehen. Plötzlich änderte sich die Musik, also der Ton und zwar komplett.

Die Musik war einfach weg, es war zuerst ganz still, dann hörte ich einen Aufschrei und dann ein Keuchen. Ich wunderte mich. Wer hatte denn da den Sender gewechselt?

Fleissige Hausfrau

Ich blickte erstaunt auf. Mutter stand in der Tür und röchelte: „Was zum Teufel machst Du hier?"„Ich wohne hier." antwortete ich ehrlich. Ich stand auf und Mutter schaute mich irgendwie fassungslos an. Sie schien irritiert und war sprachlos. Da stand ich nun in meiner feuchten Unterwäsche und in Gummistiefeln, mit wirren Haaren und zuckte mit den Achseln. „Und was machst Du hier?" Mutter sah nicht die Notwendigkeit mir zu erklären, wieso sie in meiner Wohnung stand, stattdessen stellte sich nochmals die Frage, was ich denn hier vollziehe. Ich zeigte mit meinem tropfenden Tuch auf den Ofen und erklärte: „Ich habe einen Kuchen gebacken und jetzt putze ich die Küche."

In dem Moment piepste meine Waschmaschine im Badezimmer und verkündete mir so das Ende der Wasch- und Trockenzeit. Ich setzte eine Unschuldsmine auf und sagte: „Und die Wäsche ist auch schon fertig." Ich war stolz auf mich. Eigentlich bin ich doch eine richtig fleissige Hausfrau.

Hauptsache Kuchen

Mutter hatte mich wortlos wieder verlassen und ich widmete ich meiner Hausarbeit. Also zuerst einmal zog ich mein frisch gewaschenes und getrocknetes Geburtstagsoutfit wieder an. Dann beseitigte ich die letzten Schaumreste und nahm den Kuchen aus dem Ofen. Ich gab mir fest Mühe diesen aus der Backform zu bekommen. Dabei verlor der Kuchen die Unterseite. Da ich nun aber zu den fleissigen Hausfrauen gehörte, nahm ich einfach ein Messer und schnitt die Unterseite gerade. Ging perfekt. Der Zitronenguss aus Puderzucker und Zitronenaroma wurde vielleicht nicht ganz so fest, dafür aber war er mega lecker. Mein Geburtstagsoutfit blieb sauber, mein Gesicht hatte ich gereinigt und meine Haare lagen gezähmt und eingesperrt im Haargummi. Top, so konnte ich mich sehen lassen.

Mit Backmischungskuchen stiefelte ich eine Etage weiter nach unten und klopfte an die Tür.

Magdalena öffnete und ich sagte: Happy Birthday für Frau Kramer." Ach die süsse Magdalena war so überwältigt und fiel mir um den Hals. „Nu kommen Sie Frau Isolde. Ich habe viel froh Sie zu sehen." Sie zog mich in die Wohnung. Frau Kramer sass am Fenster. Herbert lag in ihrem Schoss und schnurrte vor sich hin. Frau Kramer wusste nicht, dass sie heute Geburtstag hat und wahrscheinlich war es ihr auch egal. Trotzdem wollten wir ihren 80. Geburtstag feiern. So stimmte Magdalena das Geburtstaglied in ihrer Sprache an. Sofort war Frau Kramer wach. Sie mochte Lieder. Sie sang gern. Sie drehte sich zu uns herum und strahlte uns an. Ihr Lächeln war ein wenig schief, ihre Augen glänzend und mit Freude erfüllt. Herbert sprang vom Schoss und Frau Kramer klatsche in die Hände. Ich summte die Melodie mit.

Mein Herz war mit Freude erfüllt die alte Frau so glücklich zu sehen. Magdalena überreichte Frau Kramer ein Paket in buntem Papier. „Alles Gute liebe Frau Kramen und viele viele Jahre noch mit schöne Leben." Geschenke auspacken, daran schien sich Frau Kramer zu erinnern, mit Begeisterung riss sie am bunten Papier. Vor ihr lagen 2 warm gefütterte Hausschuhe. Frau Kramer entdeckte den Kuchen in meinen Händen. Sie stand auf, stellte die Schuhe auf den Tisch, ging in die Küche und kam mit einer Gabel wieder zurück. Sie wollte mir den Kuchen aus der Hand nehmen. Magdalena lachte. Behutsam nahm sie Frau Kramer in den Arm: „Zuerst sitzen an Tisch." Frau Kramer setzte sich brav. „Dann essen mit Frau Isolde feinen Kuchen. Möchten Sie Tee trinken, Frau Kramer?" Frau Kramer nickte. „Gefallen Ihnen Ihre neuen Hausschuhe?" fragte ich. Frau Kramer nickte. „Sie haben heute Geburtstag." sagte ich „80 Jahre sind sie geworden." Frau Kramer blickte auf. Sie schaute mir tief in die Augen. „Kindchen, ich bin erst 60." Ich lachte. „Letztes Jahr sind Sie 79 Jahre geworden, nun sind Sie 80." „Ich weiss schon wie alt ich bin." murmelte die alte Frau und rieb auf einem unsichtbaren Fleck auf dem Tischtuch. In der Mitte des Tisches stand eine Vase mit 3 Sonnenblumen. „Man muss mich nicht immer älter machen als ich eigentlich bin." murmelte sie weiter. „60 bin ich geworden und nicht 80." Sie blickte etwas beleidigt auf. „Harry ist 80 Jahre, ich bin erst 60. Können Sie denn nicht rechnen?" Dann schwieg sie, schaute auf den Kuchen und schaute auf mich: „Wer sind sie eigentlich?" Magdalena kam mit Tellern und weiteren Gabeln zurück. Sie stellte Frau Kramer ihren Tee vor die Nase und sagte: „Das Alter ist ganz egal, nicht Frau Kramer." Sie blinzelte mir zu. „Hauptsache haben wir Kuchen." Wie Recht sie hatte, die Gute.

Im Wald ist es viel schöner

Das Klingeln riss mich aus meinem Schlaf. Eigentlich
schlief ich nicht, ich döste. Oder? Nein, ich schlief!
Mein Mund stand offen, mein Mundwinkel war
feucht und mein Hals trocken. Wahrscheinlich hatte
ich sogar geschnarcht. In voller Lautstärke. Ich
gähnte laut. Also, ich konnte gar nicht mit
Bestimmtheit sagen ob ich schnarche, denn keiner
schläft nachts bei mir um mir dann sagen zu
können: Isolde, du sägst ganze Wälder nieder oder,
Isolde du schläfst so schön leise wie ein Rehkitz.
Oder ein Häschen. Zweiteres wäre mir da ja schon
lieber. Wobei...schnarchen Rehe nicht? Ich gähnte
herzhaft. Na gut, würden Rehe schnarchen, wäre es
wohl sehr laut nachts im Wald. Und, wenn ahrrr
Rehe schnarchen, dann schnarchen...ahrrrrr....
ahrrrrrr und Eichhörnchen

133

schnarchen....ahhhhrrrrrrr....Oh, meine schläfrigen Überlegungen wurden schon wieder durch lautes, schrilles Klingeln unterbrochen. Ach, ich bin schon wieder eingeschlafen?! Ich verliess den Wald. Dabei war ich gern im Wald. Mein Nacken fühlte sich hart und verspannt an. Das musste wohl noch der Winterschlaf sein, oder schon die Frühjahrsmüdigkeit? Ich tastete nach dem Telefonhörer und hielt ihn ans Ohr: „Hier Hallo. Wer da? Ah nein, dort Weisshaupt, wer hier?" Ich stöhnte und lauschte. Nichts. Nur das schrille Läuten. Schlaftrunken, mit Maske auf den Augen, stand ich auf und warf blind das mobile Telefonteil auf den Tisch. Wieso war ich heute denn so müde? Ich schob meine Augenschlafmaske hoch auf die Stirn und tastete mich voran. Ich blieb stehen und lauschte. Aha. Es klingelte an der Tür. Laut. Nervig. Ausdauernd. Dazu klopfte es auch noch. Also im Wald war es doch bedeutend ruhiger. „Jaaaa doch, ich komm ja schon." Ich öffnete die Tür. Ein uniformierter Mann stand vor der Tür und strahlte mich an, als er mich sah. Er beugte sich zu mir vor, leckte sich die Lippen und sagte: „Ich hoffe, ich habe sie nicht geweckt, gnädige Frau." Gnädige Frau. Huch, ja, das gefiel mir. Ich blinzelte dreimal. Es war schon arg hell, so mitten am Tag.

„Geweckt?" lachte ich herzhaft. Ich tat so, als hätte er einen tollen Witz erzählt. „Ah, ich dachte nur...." und zeigte dabei auf meine Stirn, auf welcher meine Augenmaske hing. Natürlich verstand ich nichts. Fragend schaute ich in die 2 blauen Augen. „Na, schauns, wegen Ihrer Maske.. I ha denkt sie homs Mittagschlöfchen gmacht."„Ähhmmm nein nein", ich winkte ab. „Die habe ich immer auf, es ist halt so hell am Tag." Toll Isolde, super Antwort. Ich grinste breit. Ich war etwas stolz auf mich. Also, ein klein wenig. „Also, ich bin Herr Gärtner." Er streckte mir seine rechte Hand entgegen. „Um s kurz z' mache, gnädige Frau, das Hinterhofhaus wird in spätestens 12 Mönet

abgerisse. Do wird es schens Schwimmbädeli g'baut.
Bade Sie denn au gern?" Mein Grinsen fror ein, ich
stand starr, meine Augenmaske rutschte in langsam
über meine Stirn. Der Gärtner strahlte mich an,
leckte sich seine Lippen feucht und redete weiter
ohne auf meine Antwort zu warten. „Wüsse Sie, ich
bade ja unheimlich gern. Am liebsten so, wie Gott
mich schuf." Uff, gleich war meine Augenmaske
wieder auf den Augen. Und ich hatte auch nichts
dagegen, denn ich wollte plötzlich auch gar nichts
mehr sehen. Noch immer stand ich regungslos. Der
Gärtner leckte seine Lippen. „Wüsse Sie, es ist halt
schon wunderbar sich so frei z'fühle. Und nacked
ins kühle Wasser z'springe. Und nackend in der
Sonne zliege. Sie mögen das doch sicher auch, oder
Frau...ähhh..." Er linste auf das Namensschild.
„Ahhhja, Weisshaupt." Er befeuchtete seine Lippen
erneut und musterte mich. „Sie könne ja, ich mein,
wir zwei. So, Ich und Sie, also Du und ich, so
gemeinsam. Sie wüsse scho. Mir könne ja mal

zsamme bade, so völlig frei." Er formte mit seinen

Händen eine übertriebene Frauenkontur nach.

„Wüsse Sie, es gibt in Rümmlingshof, wüsse Sie,

dort gibt's den Baggersee, also nur, wenn Sie

mögen gnädige Frau." Er starrte mich an. Meine

Zunge klebte am Gaumen und meine Maske hatte

meine Augenbrauen schon erreicht. Der Gärtner

bückte sich um mir in die Augen schauen zu können.

„Sie verstönd mich aber scho, oder gnädige Frau.

Sehen können Sie mich ja kaum noch." Seine Lippen

waren trocken. Und spröde. Sein Parfüm

aufdringlich. Es kroch mir in die Nase. „Wüsse sie,

ich akzeptiere mich wie ich bin, wie Gott mich schuf.

Sie sollten dies auch tun." Er zeigte mir eine Reihe

weisser Zähne. „Darum dachte ich, wir können

z'amme..." Er richtete sich auf und schickte

suchende Blicke über meine Schulter: „Sie könne

natürlich auch ihren Mann mitnähhh....man kann ja

auch zu Dritt Spass haben..." Meine Maske rutschte

jetzt völlig über die Augen. Ich hielt mich am

Türrahmen fest und murmelte. „Ich muss jetzt in den Wald." Ich schlug die Tür zu, tastete mich zum Bett, weinte eine Runde, drückte meine Augen fest hinter der feuchten Schlafmaske zu und machte mich dann im Wald auf die Suche nach den Hasen und den Rehen. Und es war schön im Wald, so friedlich, so ruhig und es roch gut.

Eine gute Tasse Tee

„Mutter, wir gehen jetzt." Energisch klang die
Stimme. Energisch blieb Frau Kramer am Tisch
stehen. Sie hielt sich mit beiden Händen an der
Tischkante fest und starrte ins Leere. Auf dem Tisch
stand Frau Krames Tasse mit dem Löffel darin.

„Mutter, du bekommst ein wunderschönes Zimmer.
Es ist alles neu." Frau Kramer schien nicht
interessiert und blieb standhaft. Die Kramer Tochter
wurde ungeduldig. Schon einige endlose Minuten
lang versuchte sie ihre Mutter zum Gehen zu
bewegen. Heute war der grosse Umzugstag. Doch
schien ihre Mutter heute etwas ganz anderes
vorgehabt zu haben. „Sie ist da." sagte Frau Kramer
ruhig und drehte sich langsam zu ihrer Tochter um.
Verständnislosigkeit machte sich breit. „Wer ist da
Mutter?" fragte Kramers Tochter und nahm die

schmale faltige Hand ihrer Mutter. Frau Kramer hatte ihr dünnes Haar zu einem Dutt zusammengebunden und hie und da hatte sich eine Strähne befreit und schaukelte mit den Bewegungen mit. Frau Kramer umfasste die Arme ihrer Tochter und rief: "Nelly! Nelly ist da!" Frau Kramer wurde sehr unruhig. „Wir müssen gehen, schnell! Wir müssen ihr helfen, sie schafft es nicht allein!" Sie hatte wohl trotz ihres Alters einen festen Griff und Kramers Tochter verzog ihr Gesicht. Wohl einerseits, weil sie sich nur schwer aus dem Griff winden konnte und andererseits, weil sie ihre Mutter nicht verstand. „Mutter, es kommt niemand. Auch nicht Nelly. Du kennst gar keine Nelly." versuchte sie es mit einer sanften Stimme. „Heute ist dein Umzugstag, wir ..." Weiter kam sie nicht. Frau Kramer fing jämmerlich an zu schluchzen. „Sie kommt nicht? Hat sie es nicht geschafft?" wimmerte sie immer wieder fragend. Die Kramer Tochter klagte zeternd „Mutter, ich

140

verlier langsam die Geduld. Du bist stur wie ein kleines Kind. Können wir jetzt endlich gehen?" „Ja ja, gehen sie nur." murmelte Frau Kramer leise und schob ihre Tochter beiseite. „Vielen Dank für ihre Hilfe." Magdalena stand am Fenster, die Arme vor der Brust verschränkt und drehte sich nun herum. „Oh Frau Kramer, heute so herrlich Wetter. Wir gehen spazieren. Naaa, gute Idee? In Park." Frau Kramer blickte auf. Magdalena eilte in die Küche und kam mit einem Stück Brot zurück. Dieses hielt sie Frau Kramer vor die Nase. „Können kleine Entlein füttern." Sie lächelte Frau Kramer an und strich ihr über die Wange. Ihr Gesicht erhellte sich, sie klatschte. So schnell sie ihre alten Füsse tragen konnten stand sie an der Wohnungstür. Magdalena lachte. „Zuerst anziehen, nicht laufen ohne Strumpf und ohne Schuh." Kramers Tochter kam dicht an Magdalena heran und sagte. „In einer Stunde muss sie da sein. Verstehen sie das? Eine Stunde." Dann verliess sie die Wohnung und eilte die Treppe herunter. Wenig später knallte die Haustür ins Schloss. Magdalena schaute mich an. Ich fühlte mich recht unwohl in dieser Situation. Ich ahnte, was Magdalena vorhatte. Der Park mit den Enten war unweit des Pflegeheimes in welches Frau Kramer heute einziehen sollte. Wir würden Frau Kramer nach dem Entenfüttern in dieses Heim bringen und nicht mehr hierher zurück. Frau Kramer sass am Tisch und rührte in ihrer leeren Tasse. Magdalena zog ihr die Schuhe an. Frau Kramer fragte: „Gehen wir Schweine füttern?" „Nein", lachte ich „Wir gehen die Enten füttern, im Park." „Haben die kein Essen?" wunderte sich Frau Kramer. „Doch, schon...Aber es macht doch Spass die Enten zu füttern, oder nicht Frau Kramer?" Sie nickte. „Können wir auch Nelly füttern?" fragte sie leise. „Und sagen nichts dem Hausmädchen?" Sie deutete auf die Wohnungstür, durch welche Kramers Tochter verschwunden ist und verdrehte dabei die Augen.

„Natürlich! Das bleibt unser Geheimnis!" Frau Kramer klatschte. „Los geht's Kindchen." rief sie. „Und nimm meine Tasse mit, ich möchte Tee trinken." Ja, es geht noch nichts über eine gute Tasse Tee.

Wie doch die Zeit vergeht

Frau Kramer starte seit geraumer Zeit auf die Blumenvase aus Glas in welcher 3 Rosen im Wasser standen. Die weisse Leinentischdecke war blütenrein. Mechanisch rührte Frau Kramer in ihrer Tasse und ohne den Blick zu heben sagte: „Bringen sie mir doch bitte noch einen Tee, nicht zu heiss." Kramers Tochter nahm ihrer Mutter die Tasse ab und stellte sie auf den Tisch neben die Blumen. „Mutter, hier ist dein neues zu Hause." Sie fuhr mit ihrer Hand über die Hochglanzfront des Kleiderschrankes und weiter über die Lehne des Lederbezogenen Schaukelstuhles. „Ich habe viel Geld ausgegeben und möchte, dass es Dir gut geht. Du kannst jederzeit nach Schwester Carmen läuten, sie ist für dich da, rund um die Uhr. Gefällt es dir hier?" Frau Kramer nickte. „Na also!"

145

Kramers Tochter holte ihren Lippenstift aus der cremefarbenen Handtasche, trug die rote Farbe dick auf. Dann zog sie ihr Halstuch fester und streifte sich den Mantel über. „Kann ich jetzt nach Hause?" fragte Frau Kramer. Verdutzt schaute Kramers Tochter zu der alten Frau hinüber. „Ich denke, das haben wir nun lang und breit besprochen. Du wohnst ab sofort hier. Hier ist dein zu Hause." „Ich wohne hier?" fragte Frau Kramer ungläubig. „Ja, genau!" rief Kramers Tochter. Nun hatte es Frau Kramer wohl begriffen. Mit einem erschreckenden Blick auf die Uhr schritt Kramers Tochter mit raschen Schritten zur Tür. „Ich muss gehen. Wir sehen uns morgen, Mutter!" rief sie über die Schulter zurück und verliess den Raum. Magdalena und ich hatten das Geschehen vom Sofa aus beobachtet. Ich hatte nicht das Gefühl, dass Frau Kramer irgendetwas verstand. Ich war gesund im Kopf und verstand die Welt auch öfters nicht, wie sollte es erst Frau Kramer gehen. Frau Kramer starrte wieder auf die Blumenvase mit den Rosen und rühre in der leeren Tasse. „Möchten Sie einen Tee Frau Kramer?" fragte ich sie und legte meine Hand auf ihren Arm. „Oh, habe ich schon ausgetrunken?" Frau Kramer hörte auf zu rühren und reichte mir ihre Tasse. „Wie doch die Zeit vergeht."

Die Schlange ähhh Gurke

Angenehme Kühle herrschte an diesem Morgen in der sonst so heissen Küche des Wohnheimes. Heute war ich früher im Seniorenstift als sonst und hatte mit den Bewohnern gefrühstückt. Das machte ich gern, aber viel zu selten, denn meist war ich eben nicht so pünktlich. Jetzt widmete ich mich nun meinen grünen Gurken, summte vor mich hin und begann die Schale in langen Fasern abzuschälen. Gurken hatte ich gern, die rochen so frisch, so saftig. Irgendwie nach Sommer. Mein Oma hatte immer Gurken im Garten. Diese zog sie selbst heran. In grossen Bottichen. Liebevoll band sie die Winden nach oben und stabilisierte die Gurkenkinder. Und sie hatte immer ein gutes Wort für ihre Gurken. Eigentlich für jede Pflanze. Sie streichelte die Blätter und berührte die Blüten. Ich hörte als Kind oft, wie sie mit den Pflanzen im Garten redete. Ich lächelte. Vielleicht blühte darum bei meiner Oma alles voller Pracht. Jeder Baum trug Früchte, jedes Blümlein erblühte und Gemüse und Obst erntete sie in Hülle und Fülle. In ihrem Keller lagerten stapelweise Gläser mit Eingemachtem. Ich streichelte eine Gurke, die vor mir lag: „Ja prima bist Du gewachsen und so schön grün geworden." Ich schälte sie schnurstracks und flüsterte: „Ja und nun wirst Du ein Salat, du kleines Gürkchen." Ich klebte mir ein paar Gurkenschalen auf die Stirn. Meine Oma sagte immer: „Das bringt Frische und Feuchtigkeit, mein Kind, so bleibt Deine Haut schön. Man sollte die Natur nutzen. Es braucht keine teuren Cremes." Ich stopfte die geschälten Gurken nach und nach in die elektrische Schneidemaschine und drückte auf den Knopf. Die Maschine surrte, ratterte. Tak Tak Tak Tak und spuckte am anderen Ende hauchdünne Gurkenscheiben in die grosse Schüssel. Ich wollte einen Kartoffelsalat mit frischer Gurke zaubern. Dazu ein Spiegelei und wer mochte, bekam noch ein Würstchen dazu. Heute sollte es gar heiss werden und die Bewohner vom Stift scheinen dann nicht so hungrig wie auch schon. Am anderen Herd wurde gebrutzelt. Ich war zufrieden an meiner Gurkenstation. Vertieft schob ich eine Gurke nach der anderen in die gefrässige Öffnung und Tak Tak Tak Tak spuckte die Maschine feine Scheibchen aus. Aus der Ferne hörte ich Gemurmel und blickte auf.

Ein kleine Gruppe Leute schlenderten durch die Küche, angeführt von Mario, dem Küchenchef. Sicher wieder eine Empfehlungs - Führung durch das Seniorenheim. Unser Stift wurde schliesslich als Vorzeigeobjekt gehandelt und darauf waren wir hier alle stolz. Die Gruppe näherte sich und durch das Surren der Maschine meinte ich eine bekannte Stimme zu hören. Ich blickte nochmals auf. Ich kniff meine Augen zusammen um besser sehen zu können. Ich erkannte doch da eine weibliche Stimme! Ich war mir fast sicher. Etwas mehr als entsetzt war ich, als ich die dazugehörige Person zu erkennen meinte. War das etwa Kramers Tochter? Sicher? Was wollte die denn diese Schlange hier? Wenn ich jemanden nicht mochte, dann diese Person! Mir wurde heiss. Sehr heiss. Ich denke, meine Kochuniform kohlte innerlich. Was zum Kuckuck wollte die hier? Neben ihr lief Mario. Er erklärte Dies und Jenes und zeige ihr immer wieder etwas. Sie blieben stehen, schauten dem Hilfskoch am anderen Ende der Küche zu und drehen sich dann in meine Richtung. Ich zog meine Kochmütze tiefer ins Gesicht und tat sehr konzentriert. Die Gruppe kam auf mich zu. Immer näher kam sie und immer heisser wurde mir. Mein Herz klopfte. Sie war es! Ich war mir sicher, das war die Schlange, Kramers Tochter! „Das ist Frau Weisshaupt, einer unserer Spitzenkräfte." hörte ich Mario sagen. Ich blickte kurz auf: "Hallo." murmelte ich kurz. Und tatsächlich schaute ich kurz in Kramers Tochter Augen. Bei dem Anblick fiel mir alles aus dem Gesicht, nicht nur die Gurkenschalen.

Die Probleme immer

Im Eiltempo zog ich den Kochkittel ab und stopfte ihn in meinen Rucksack. Ich warf meine Jacke über und hastete die Treppe hoch. Ich war spät dran. Mutter erwartete mich. Hörte ich doch noch, wie sie in den Telefonhörer rief, ich solle doch dann diesmal pünktlich sein. Ja und das diesmal war heute! Mario rannte mir entgegen. Irgendwie hatten es heute alle eilig. Mario stoppte mich. „Wohin willst Du?" rief er keuchend. Erstaunt schaute ich ihn an. „Ähhm nach Hause?" antwortete ich und steckte meine Arme in durch die Ärmel „Heute haben wir doch die Willkommensparty!" Er japste nach Luft. „Und wir sind schon spät dran." Wir? Ahja! Und wen heissen wir denn willkommen? Ich wollte jetzt niemanden willkommen heissen. Ungeduldig wartete ich auf

Marios Antwort auf meine Gedanken und tippelte von einem Fuss auf den anderen. Ich hatte heute so gar keine Zeit irgendjemanden willkommen zu heissen. Ich musste zu Mutter. Mutter hatte getrommelt und ich musste eilen. Ich knöpfte meine Jacke zu. „Du kannst nicht gehen, heute ich die Vorstellung der neuen Heimleitung." „Nicht nötig, die Schlange kenne ich schon!" zischte ich. Mario verstand kein Wort und zog mich am Ärmel. „Komme jetzt." „Da braucht es mich doch nicht!" rief ich aus. Doch Mario schob mich vorneweg in das Besucherrestaurant: „Die ganze Belegschaft ist da." Er setzte sich an den letzten freien runden Tisch, etwas abseits, in Fensternähe. Genervt stand ich neben ihm. Er liess nicht locker und ich musste mich auch an den Tisch setzen. Der Raum war schon recht gefüllt und nur noch wenige Plätze frei. Mikrofone wurden aufgestellt. Die Kramer - Schlange betrat den Raum, im weissen Kittel. Mir wurde schon schlecht.

Sie hatte eine breite Goldkette um den Hals und zog, bevor sie etwas sagte, den roten Lippenstift nach. Das soll wirklich die neue Heimleiterin sein? Die selbst nicht mal Ahnung hat, wie sie mit ihrer eigenen Mutter umgehen sollte, ihr alles nimmt und sie in ein Heim steckt. Mein Herz klopfte laut. Sie wurde mit „... die neue Heimleiterin Frau Doktor Kramer." vorgestellt wurde. Doktor? Wo sollte die denn Doktor sein? Im Briefmarkensammeln? Im Schränke ihrer Mutter ausräumen und allen in den Müll werfen Doktor? Ich war sauer und wollte aufspringen und „Buuuhhhh" rufen. Aber die kleinen Gebäckstücke in der Mitte des Tisches riefen auch. Sie riefen nach mir:

„Huuuuhhhuuuu" und meine Finger verkrallten sich in einem Eierbrötchen. Mhhh echt lecker. Ich verspürte ein leichtes Hungergefühl und labte mich. Zuerst einmal Kraft schöpfen und dann ausrufen. Genau, so machen wir das.

Das 3. Eierbrötchen war genauso lecker wie das erste und ich hatte noch Platz für ein 4. Teil. Ja, also, die Teile waren ja nicht so riesig, nur so kleine Dreiecks – Toast – Dinger. Ich fischte eine Silberzwiebel aus der Schale und blickte kauend auf. Vorn wurde über Strategien, Sparmassnahmen und Umbettung, Kosten und Neuankündigungen gesprochen. Aha. Ich fischte nach weiteren Silberzwiebeln. Die Silberzwiebeln waren feucht und glitschig und schwupps landete ein Zwiebelchen unterm Tisch. Es rollte bis zur Tischmitte und lieb dort sorgsam liegen. Ein neuer Redner wurde angekündigt, ein Mitglied der Chefposition, hiess es. Die Gäste applaudierten. Ich nahm die Chance wahr und kroch rasch unter den Tisch. Das Mikrofon pfiff und der Redner räusperte sich.

Er begann zu sprechen und eine Schockwelle durchfuhr meine Glieder bis ins Herz. Dieser schock versteifte meine Glieder. Ich knallte mit einem Ruck mit dem Kopf an die Unterseite des Tisches. Das Holz gab ein lautes dumpfes Geräusch, vielleicht war das aber auch mein Kopf und die Gläser auf dem Tisch klirrten. Mario streckte den Kopf unter den Tisch. „Was zum Kuckuck machst Du da?" Ja, was mache ich hier... Die Frage war eher, was macht der denn da? Ich rieb meinen angeschlagenen Kopf und zeigte mit dem Finger nach oben und flüsterte: „Ich kenne den..." Mario zischte zurück: „Ich kenne den auch, das ist der Ehemann der neuen Heimleiterin, Herr Kramer." „Das ist eher ein Problem." Mario winkte ab und liess mich unterm Tisch hocken. „Magdalenas schönes Problem." zischte ich ihm hinterher.

Ich will nur zur Mutter

Mario schaute wieder unter den Tisch. „Bleibst Du hier sitzen oder kommst Du jetzt wieder hoch?" fragte er. „Sind alle weg?" Ich spionierte über die Tischkante. Das Besucherrestaurant war so quasi leer und die Chefetage verschwunden. Sicher stiessen sie jetzt mit Champagner an und knabberten an Krabbenbeinen. Ziel - Altenheim kapern – erreicht. Mir war etwas übel, was aber vielleicht auch an den Eierbrötchen und der so lange „gebückten unter dem Tisch Haltung" liegen konnte. Ich blickte auf die Uhr und ja, ich war natürlich zu spät dran. Wie so oft. Vielleicht schaffte ich den letzten Bus. Ich sprang auf, der Stuhl hinter mir kippte polternd zu Boden. Ich schnappte den Rucksack und raste los. Treppe hoch, raus aus dem Haus, 150 Rennschritte nach links und 20 rechts um die Ecke, wieder links und dann die Gerade im Endspurt. Von Weitem sah ich bereits die Lichter des Busses, welcher einfach abfuhr, als ich ihn fast erreichte. Ich stampfte mit dem Fuss auf. Ich hatte alles gegeben, keuchte und hechelte, hielt meine rechte Hand an meine Herzgegend und wedelte mir mit der Linken Luft zu. Mein Gesicht war glühend heiss, mein Körper dampfte. Aus dem Kragen stieg Rauch auf. Was nun? Was nun? Was nun? Meine Gedanken rasten. Ich hatte Mutter hoch und heilig versprochen pünktlich zu sein. Also pünktlich war ich zwar sowieso nicht mehr, aber ich befand mich ja noch nicht einmal auf dem Weg zu ihr. Okay, ich raffte mich auf. Taxi! Ich brauchte ein Taxi. Der Taxistand war am anderen Ende. Also musste ich die Strecke wieder zurück rennen. Zuerst die Gerade, dann nach rechts, dann nach links um die Ecke und dann wieder nach rechts 150 Rennschritte. Ich sah das Pflegeheim und wenige Meter nebendran den Taxistand. Kurz vorm Kollabieren

erreichte ich mein Ziel, riess einem Taxi die Tür auf,
liess mich in den Beifahrersitz fallen und konnte nur
noch „Los! Losfahren!" keuchen. Ich zeigte immer
wieder nach vorn auf die Windschutzscheibe. Mehr
ging nicht. Der Taxifahrer legte seine Hand auf
meinen Arm. „Seniora, alles gut bei Ihnen? Soll ich
Doktor fahren?" Er schien wirklich besorgt. Ich
wedelte ab und schüttelte den Kopf. Der Taxifahrer
liess den Motor an „Brauchen Sie kein
Krankenhaus?" Ich japste: „Ich will nur zur Mutter."

Mein Hintern brennt

Ein verständnisvolles „Natürlich" entfloh dem
Taxifahrer. „Mama ist immer die Beste." Ich nickte
zustimmend und konzentrierte mich auf meinen
Puls. Dieser beruhigte sich nur langsam. Knapp
konnte ich dem Taxifahrer die Zieladresse nennen.
Dieser war im Erzählmodus. „Heute draussen so
kalte wie Winter!" Er klopfte auf sein Thermometer,
welches seine Anzeige von 12 Grad aber nicht
veränderte. Er drehte die Heizung von Stufe 2 auf 3
und warmer Wind pustete mich an. „Ich Espana
immer schön warm." Ich nickte zustimmend. „Den
ganzen Tag im Hause und Abend erst alle Familien
draussen." Ich nickte nochmals und atmete tief ein
und aus. „Aber hier ist immer so kalte." Er klopfte
auf das 12 Grad Thermometer.

„Ja, so kalte hier." Und drehte die Heizung auf Stufe 4. Also abgesehen davon, dass ich innerlich sicher 60 Grad hatte, fand ich 12 Grad jetzt nicht so unheimlich kalte, ähhm kalt. Die Innentemperatur im Auto erhöhte sich schlagartig und an meinen Schläfen sammelten sich kleine Schweissperlen. Die Pustedinger pusteten sehr warme Luft direkt in mein Gesicht. Meine Hand zuckte bereits. „Gell, Sie auch gern warm Seniora?" Er lachte. Ich musste die Pustedinger von mir wegdrehen, sonst würde ich als Pfütze im Taxi enden. Wie sollte man mich denn dann noch identifizieren können? „Alle Leute lieben warm." Ich konnte mich jetzt nicht beherrschen und fasste die Pustedinger an um sie zu verstellen. „Ohhh Momento!" Der kleine Spanische Fahrer fuchtelte dazwischen. „Sie auch kalte, Seniora?" Er bewegte die Pustedinger so, dass sie mir nun direkt an meinen Hals pusteten und drehte den Schalter auf Höchstleistung. Stufe 5. „Jetzt besser? Seniora?" „Ja, Spitze." murmelte ich und krempelte die Ärmel nach hinten. Ich wartete darauf, dass ich gleich in Flammen aufgehen würde. Der Taxifahrer lächelte vor sich hin und fuhr schweigend durch die Stadt. Er schien zufrieden. Es dämmerte bereits. Ich schielte auf die digitale Uhr. Der Schreck durchfuhr mich. Ich war fast 2 Stunden zu spät! Mutter wird ausflippen! Ja nun, anders kannte ich sie ja nicht. Mit den Ärmeln wischte ich mir den Schweiss von der Stirn. Die Rinnsale im Nacken kitzelten. Ich zog die Schultern hoch. Es schüttelte mich. Plötzlich haute der Taxifahrer aufs Lenkrad. „Oh ich bin so eine kleine Idiote!" Ahja? Ich schaute erschrocken und fragend zum kleinen Spanier. Der schüttelte den Kopf und sagte: „Wichtigste ich hab vergessen für sie Seniora. Lo Siento, lo Siento!" Okay, keine Ahnung. „Was denn?" fragte ich zögerlich und hatte vor der Antwort Angst. „Heizung habe ich vergessen!" Ähhhm die Heizung läuft doch auf Hochtouren und alles würde bald wegen Überhitzung in Flammen aufgehen? „So kalte heute

165

und ich vergesse Heizung für Seniora." Er drückte 3 x auf ein Knöpfchen und smilte mich an.

„Sitzheizung, Seniora. Für schöne warme Popo." Oh Gott, warum tust Du mir das an? Ich spürte, wie schnell der warme Popo warm wurde. Ich zählte die Sekunden bis zur Birkenstrasse und war froh, dass diese gleich erreicht war. Der Sitz heizte sich rasant auf. Die letzte rote Ampel zog mir einen Strich durch die Rechnung. Ich glaube, die war noch nie so lange so rot! Mein Pop wurde immer wärmer und wärmer. An die Knöpfe für die Sitzheizung kam ich nicht ran. Kohlte mein Popo schon? Ich kochte ja bereits. Endlich! Vor der Nummer 8 hielt der Fahrer an. Ich warf ihm 2 Scheine in den Schoss und rollte mich aus dem Auto. Nichts wie raus hier. Der Spanier winkte. Mein Herz hämmerte, meine Jacke war Schweissnass und meine Nackenhaare feucht. Von meinem Hintern gar nicht zu sprechen. Der brannte!

Reich an Knöpfen

Ich sprang die Stufen zum Haus meiner Mutter
hinauf. Ha Ha! Als ob ich mich jetzt noch beeilen
musste! Ich war ganze 2 Stunden zu spät! Okay
und daran wurde ich dann auch die nächste halbe
Stunde erinnert. Denn in den ersten Minuten
sagte meine Mutter gar nichts. Als Bestrafung für
meine Verspätung. Basti war auch da, der zischte
nur: „Du bist zu spät." Ja, das wusste ich ja selbst
und ich stiess ihn weg. „Lass mich!" „Mutter ist
ausser sich." zischte er mir nach. Jetzt war ich
sauer. Meine Schuld war es ja nicht, dass ich
wieder einmal nicht pünktlich war. Die Schlange
war Schuld! Bockig setzte ich mich auf den mir
zugeteilten Stuhl und trommelte mit den Fingern
auf den Tisch. Mutter beachtete mich nicht, stellte
aber wortlos ein Glas Saft in meine Nähe auf den
Tisch. Rote Beete. Ich trinke alle Säfte gern,

ausser Rote Beete. Mutter trug einen Hausmantel und Pantoffeln mit einem kleinen Absatz und einer Plüschbommel obendrauf. Sie trug eine Lesebrille an einer Kette um den Hals und ein Haarnetz auf dem Kopf. Und sie fand nach 20 Minuten des Schweigens endlich ein paar wenige Worte wieder. „Tante Hilda ist gestorben." Okay, schade, aber wer ist Tante Hilda? Ich wagte nicht zu fragen und nippte am ekeligen Saft. Sie breitete ein Papier auf dem Tisch aus und schob es in die Mitte des Tisches. Basti und ich starrten drauf und schauten uns dann fragend an. „Sorry, Mum, aber unsere Generation kann das nicht lesen." Uiii der Blick meiner Mutter war ein Blick für die Götter. Mutter zog das Papier mit der Sütterlin Schrift mit einem Ruck wieder an sich. Sie räusperte sich, schaute in das Glas der Vitrine im Schrank und federte ihr Haar unter dem Haarnetz in die richtige Position. Allerdings hatte ihr Haar unter dem Netz eh nicht viel Spielraum. Sie zog den Stoffgürtel ihres Hausmantels fester, räusperte sich abermals und sagte: „Wie auch immer, Tante Hilda ist gestorben interlässt Euch ein Erbe." „Oh wie geil ist das denn!" entfuhr es meinem Bruder. Basti grinste fett. Es fehlte nur noch, dass er sich die Hände rieb. Ich stiess ihn unter dem Tisch an die Beine. „Was denn?" zischte er und zuckte mit den Achseln. „Könnt Ihr vielleicht einmal in Eurem Leben zuhören?" Nur einmal?" Mutter nippte an ihrem Weinglas und stellte sich ans Fenster. Sie zog den Vorhang zu und trat an die Stirnseite des Tisches. „Sebastian, Tante Hilda vermacht Dir ihr Auto." Basti sprang auf. „Die alte Kiste? Was soll ich denn damit? Die ist doch nichts wert." Er schien recht enttäuscht und nahm einen grossen schluck Rote Beete Saft aus meinem Glas. Es schüttelte ihn. Fragend schaute er mich an: "Was ist das?" Er zog ein angeekeltes Gesicht. „Es muss nicht immer alles schmecken, was gesund ist." antwortete ich altklug. Mutter stand mit einem strengen Blick am Tisch. „Sebastian

Weisshaupt!" Basti setzte sich artig. „Ich glaube kaum, dass es Tante Hilda gefallen hätte, wenn Du ihre Sachen so abwertend bezeichnest." Mein kleiner Bruder schaute schuldbewusst und stammelte eine Entschuldigung. „Und würde sie das wissen, sie würde sich im Grabe umdrehen." Mutter legte Unterlagen des Autos auf den Tisch und schob sie schweigend ihrem Sohn zu. Erstaunlich! Sie vermachte dem kleinen Basti ein Auto. Und dabei hatte ich nicht einmal Tante Hildas Gesicht vor Augen. Ich suchte und kramte in meinem Hirn. Aber eine Tante Hilda war da nicht zu finden. Nun war ich doch etwas gespannt. Mutter stellte eine hohe Holzdose auf den Tisch. Sie war poliert und bunt bemalt. Ein winziges Vorhängeschloss war am Deckel befestigt. „Das ist für Dich." Aha. Sehr interessant. Ich nahm sie hoch und drehte sie. Der Inhalt klapperte. Mutter schob mir einen winzigen Schlüssel zu. Dieser passte genau ins Schloss. Die Spannung stieg und auch Basti machte einen langen Hals. Nur Mutter schien sich nicht für den Inhalt zu interessieren. Sie goss sich vom roten Wein nach und blickte auf die Uhr. Ihre Augenbarauen hoben sich, dann nahm sie einen grossen Schluck aus dem Glas. Das winzige Schloss der Dose fiel ab und - tarraaaa - ich hob den Deckel. Über den Inhalt staunte dann sogar meine Mutter, glaube ich wenigstens. Knöpfe. Ja, wirklich, es befanden sich Knöpfe in der Holzkiste. Bunte, grosse, dicke, dünne ovale, runde und verzierte Knöpfe. Basti grinste breit. „Knöpfe für die Hausfrau." Ich schaute Mutter fragend an. Die zuckte mit den Schultern. Es wurde Zeit zu gehen. Mit meiner Knopfschatulle unter dem Arm. Mancher freute sich nach einer Erbschaft. Huju, ich bin reich. Ich bin jetzt auch reich, dachte ich, reich an Knöpfen.

vorübergehend reich

Ja, vielleicht waren Tante Hildas Knöpfe halt wichtig und hatten für sie einen Wert. Das war doch irgendwie auch schön. Aber was zum Kuckuck sollte ich mit so vielen bunten Knöpfen machen? Meine Hosen hatten alle einen Gummibund. Knöpfe wollten nie halten und suchten immer schnell das Weite. Und nun sass ich vor einer grossen Kiste Knöpfe. Ich brühte mir eine Tasse Tee auf und sass sinnend vor der Knopfschatulle. Ein Geistesblitz durchschoss mein Hirn und ich sprang auf. Ich werde mir einen Knopfpullover basteln dachte ich, Jawoll! Mein hellblauer Pullover hatte einen Flecken, tiefrote Farbspritzer von meiner Wandmalaktion letztens. Der hellblaue Pullover war neu und viel zu schade zum wegwerfen. Ich könnte einfach Knöpfe über die Spritzer nähen. Wenn das nicht mal eine gute Idee ist! Ich war stolz wie Atze und kramte aus den Tiefen meines unordentlichen Kleiderschrankes den hellblauen Pullover hervor. Ich begann einen Knopf nach dem anderen über die roten Spritzer zu nähen. Nach einigen Minuten waren keine Spritzer mehr zu sehen. So toll. Ich freue mich scheckig. Allerdings war die Knopfkiste immer noch sehr gut gefüllt und so nähte ich einfach weiter. Ich nähte und summte und nähte. Ich nähte am Kragen, an den Ärmeln, an den Schultern, hinten und vorn – überall befestigte ich einen Kopf nach dem anderen auf dem Pullover. Dann war der Knopfpullover fertig. Es gab kein einziges Löchlein mehr, aus welchem das Hellblau des Pullovers hervorschauen konnte. Über und über war er nun mit Knöpfen versehen. Mein erster Knopfpullover. Ich war sehr stolz auf mein Werk. Okay, er klapperte ein wenig, aber beim Tragen hatte er eh etwas Spannung. Ich zog den Pullover über und, siehe da: perfekt! Noch 5 kleine runde Knöpfe befanden sich in der Kiste.

Ja super, dachte ich, so habe ich sogar noch Reserve. Ich konnte auch Knöpfe sparen für den nächsten Knopfpullover. Ich fischte die 5 kleinen Knöpfe aus der Kiste und entdeckte einen keinen Stoffzipfel am Boden der Kiste. Ich zog daran und, siehe da, ich zog den kleinen Boden in die Höhe. Was ich dann sah, glaubt mir wahrscheinlich keiner. Es gab zwischen der Platte und dem Boden der Holzkiste eine Zwischenraum mit ganz vielen...Knöpfen......ääähhh nein, Scheinen! Geldscheine lagen darin. Alle platt gedrückt in einem Bündel mit einem rosafarbenen Band befestigt. Ich war so geplättet, dass ich aufschrie. Mein Herz klopfte auf Hochtouren und ich zog das Bündel Scheine aus dem Geheimfach. Wow! Ich roch daran. Warum auch immer. Meine Güte! Ich hoffte, das Geld war echt und begann das Geld zu zählen. Ein hübsches Sümmchen lag da vor mir auf dem Tisch. Benebelt und im Knopfpullover ging ich zum Kühlschrank.

Ich musste mich erst einmal stärken. Mit einem Käsekuchen und ganz viel Sahne. Ja, ich war vorrübergehend reich.

Klotzen, nicht kotzen...

Fürsorglich nahm ich meine beiden
Beruhigungstabletten, die eigentlich für den Flug
bestimmt waren, bereits kurz nach dem Aufstehen
ein. Besser zu früh, als zu spät, dachte ich und warf
noch zwei dieser gelben Pillen nach. Doppelt hält
besser, sagte man bekanntlich. Die letzten Nächte
hatte ich kaum geschlafen, vor Aufregung. Diese
Aufregung kroch wie ein fetter Wurm durch meinen
Körper und blieb dann im Hals sitzen. Mir war
richtig übel. In ein paar Stunden wollte ich nach
Venedig fliegen. Fliegen! Zum ersten Mal fliegen!
Meinen Koffer hatte ich bereits schon vor 5 Tagen
gepackt und ihn nicht mehr angerührt. Oben drauf
lagen das Flugticket ausgestellt auf mich, Isolde
Weisshaupt und der Hotelgutschein mit dem
Namen Elena Gracia Jelena Korikova – Hug. Ich

stand vorm Spiegel und putzte die Zähne. Ich schaute mich an, während meine rechte Hand mit der Bürste mechanisch hin und her schruppte.

„Tja" stiess ich durch den freien Platz meiner Lippen und sudelte ein paar weisse Spritzer an den Spiegel. „Da musst du nun durch. Du wolltest nach Venedig, jetzt hast du den Salat." Ein paar weisse Spritzer mehr waren am Spiegel zu sehen. Und auch auf meinem Pullover. Es klopfte an der Tür. Ich hörte auf zu schruppen und lauschte. Es klopfte wieder. Etwas energischer. „Ich bin nicht da!" presste ich mit der Zahnbürste im rechten Mundwinkel hervor. Es klopfte lauter. „Ich schlafe!" rief ich und dicke weisse Tropfen Zahncreme – Speichelmischung kleckerten auf meinen Pullover. Ach na prima! Den Pullover hatte ich extra für die Reise gekauft. Weit und bequem, hell, damit man die Angst – Schweiss - Flecken nicht sehen konnte. Rechts auf der Schulter war ein buntes Blümchen gestickt. Die untere Hälfte des Pullovers war in Rot und Gelb abgesetzt. Ich nahm den feuchten Waschlappen und wischte auf meiner Brust herum. Dabei stellte ich fest, dass sich nicht nur Zahnputzflecken auf dem Pullover befanden, sondern auch kleine rote Spritzer der Tomatensosse von gestern Abend. Ich öffnete die Tür. Magdalena. Magdalena stürmte auch gleich herein. Sie schwenkte triumphierend 2 kleine Sektfläschchen vor meinen Augen. „Hast du Geburtstag?" fragte ich und hörte mit den Reinigungsversuchen auf meiner Brust auf. „Ach Frau Isolde. Wir trinken einen Schluck Prickel Sekt." und zauberte hinter ihrem Rücken ein Schüsselchen Oliven und saure Gürkchen hervor. „Für Venedig. Für viele Spass und schöne Mann." Sie lachte herzhaft, tätschelte mir die Schulter. Dann biss sie knackend in ein kleines gekrümmtes Gürkchen. „Viele schöne Mann, Frau Isolde." Magdalena zwinkerte mir zu. Was sollte denn diese Anspielung? Viele Männer? Ich wäre auch schon mit einem zufrieden, oder einem halben.

Elena lachte herzhaft, liess sich aufs Sofa fallen und schlug ihre nackten Beine übereinander.

„Prost!" sagte sie und stiess die beiden Flaschen zusammen. Und schon hielt sie mir ein geöffnetes Fläschchen hin. Ein wenig zögerlich nahm ich die mir zugewiesene Flasche und stach gleichzeitig mit dem kleinen Holzgäbelchen in die Oliven – Gurkenschüssel. Sollte ich jetzt nicht lieber etwas schlafen? Ich wollte doch ausgeruht sein. Und dann ganz früh abfahren? Falls das Taxi den Weg nicht findet, falls es nicht endende Umleitungen gab, falls es ein Unwetter über uns herein brach und wir dieses erst abwarten müssen, Überflutungen, Stürme oder was halt so alles passieren kann. Magdalena schaute mich abwartend an und riess mich aus meinen Gedanken. Na gut, dachte ich, ich habe ja noch ein paar Stündchen Stunden Zeit und dieses kleine Fläschchen ist ja auch sicher ruck zu leer. Und ja, das war es auch. Und das zweite und dritte Fläschchen auch, welches ich dann plötzlich in der Hand hielt. Magdalena erzählte einen Witz, in Polnischer Sprache und ich schlug mir die Hände auf die Schenkel. Verstanden hatte ich natürlich nichts, aber Magdalena warf sich vor Lachen bereits auf den Boden, das war so lustig, da musste ich den Witz gar nicht verstehen. Mir tränten die Augen und ich öffnete das 4. Fläschchen Sekt. Irgendwo musste doch hier ein Sektnest sein, dachte ich und lachte laut. „Sektneeeeest!" hahaha, ich prostete Magdalena zu. Und kaum hatte ich das Fläschchen leer, klingelte es schon an der Tür. Das musste wohl der Taxifahrer sein. Ich stand auf, meine Angst vor der Reise bzw. vorm Fliegen war wie weggeblasen, dafür war mir aber irgendwie komisch. Ich eilte ans Fenster, so schnell ich konnte, torkelte dabei ein wenig und riss die Gardine zur Seite. Und ja, Taxi und Fahrer. Taxifahrer. Ich klopfte an die Scheibe, kicherte und winkte. Dabei hielt ich mich am Fensterbrett fest. Mir war etwas schwindlig. Magdalena hingegen hatte wohl keine

Koordinationsprobleme. Sie hatte meinen Koffer in der Hand und zog mich am Arm. „Komm Frau Isolde, Fahrer von Taxi wartet!" Ich stolperte die Stufen hinunter und musste mich unbedingt am Geländer festhalten. Die kühle frische Luft weckte mich kurzzeitig auf. Mir fiel wieder ein, dass ich doch eigentlich vor der Abfahrt schlafen wollte! Tja, dafür war es nun definitiv zu spät. Der Fahrer warf meinen Koffer in den Kofferraum und ich krabbelte auf die hinteren Sitze. Hier war es doch erstaunlich gemütlich. Ich winkte Magdalena zu und sie warf mir einen Handkuss zurück. Sie zwinkerte mir mit dem rechten Auge zu und knallte die Autotür ins Schloss. Ich wollte ihr eigentlich zurück zwinkern. Doch es klappte nicht mit dem linken und auch nicht mit dem rechten Auge. So liess ich beide Augen zu. Das war einfacher. Das konnte ich. Die Sitze waren weich, ich fühlte mich geborgen. Es war angenehm warm und ich gähnte laut. Die Fahrt verging wie im Fluge. Denn kaum hatte ich mich in den Sitzen eingekuschelt rüttelte einer an mir herum. Völlig durcheinander riss ich die Augen auf. Ich war zur Seite abgekippt und lang längs über der ganzen Rückbank. Meine Füsse waren noch am Boden, mein Arm war irgendwie abgeknickt und die Finger eingeschlafen. Mein Kopf hing schräg an der harten Verkleidung. Nun, nicht nur meine Finger schliefen, sondern auch meine Beine, meine Arme, meine Augen und mein Mund. Dieser stand wohl längere Zeit offen, denn mein Speichel hatte den Rücksitz befeuchtet. Etwas mit Speichel befeuchten konnte ich gut. Krampfhaft hielt ich meine Augen offen. Vor mir, an der offenen Autotür, stand der Fahrer und ich hatte das Gefühl, er wollte, dass ich sein Auto schnellstens verliess. Er zog mich bereits fest am Arm und sagte: „Wir sind da, gute Frau, und jetzt steigen sie doch bitte aus." „Das ist Venedig?" staunte ich und blickte an ihm vorbei. „Nein, dass ist der Flughafen." Ich erhob mich und setzte mich aufrecht hin. Ich spürte wie schwindlig

mir war. Und schlecht. Eigentlich war mir
hundeelend. Ich begann zu zittern. Ich schaffte es
gerade noch den Kopf aus der offenen Türe zu
halten und übergab mich auf die Schuhe des
Taxifahrers. Ich starrte auf den erbrochenen Klecks.
Es hätte ein guter Cocktail werden können...
Jedenfalls von der Farbe her. Es war mir
ausserordentlich peinlich. Als ich aus meiner
Manteltasche ein Papiertaschentuch hervorzog,
rollte eine Olive mit heraus. Sie landete genau in
der Mitte des im Kotzkleckses. Oh man oh man war
mir blöd im Kopf! Und im Bauch. Ich schleppte mich
aus dem Auto, stieg über den Kotzfleck, reichte
schweigend dem sich die Schuhe putzenden
Taxifahrer einen Schein und entfernte mich wortlos
mit meinem bereitgestellten Koffer. In leicht
gebeugter Haltung schleppte ich mich in die Halle.
Wie ein nasser Sack fiel ich in einen Sitz der vielen
Sitzreihen und liess meinen Blick schweifen. Da...ein
WC! Ich rappelte mich auf und rammelte mit Koffer

durch die Menschenmassen zum WC. Im Spiegel sah ich eine verwilderte Person. Der linke Teil der Haare war in einer Haarspange eingeklemmt, der rechte Teil ergoss sich wie ein Wasserfall wild und wirr über ihr Gesicht und die Schultern. Ihr heller Pullover hatte rote Spritzer, Wasserränder , Schweissränder und Kotzflecken. Ihre Augen waren dunkel umrandet, Der Lippenstift verschmiert. Lippenstift? Woher kam denn Lippenstift? Gerne hätte ich gelacht, über diesen Anblick, doch leider war ich dieses Spiegelbild. Geschockt registrierte ich das und begann sofort die grössten Schäden zu retuschieren. Aus meinem Koffer angelte ich nach dem ersten greifbaren Oberteil. Es war Gelb. Den stinkenden nicht zumutbaren Pullover zog ich aus und liess ihn in den Handtuchpapierabfall gleiten. Gerade war ich ganz allein und beeilte mich. Hektisch zog ich den frischen Pullover über meinen Kopf. Der Ausschnitt war leider etwas eng und mein Kopf passte nicht durch. Natürlich betraten genau

in diesem Augenblick Leute den Waschraum.
Erstarrt blieb ich stehen. Ich konnte das gut. Ich tat
so, als wär ich gar nicht da. Durch die Maschen des
Pullovers konnte ich im Spiegelbild die Leute
beobachten wie sie mich musterten. Und kicherten.
Ich meine, dass musste ja auch komisch aussehen.
Mein Kopf steckte noch in Pullover, wahrscheinlich
schauten nur ein paar von meinen wilden Haaren
oben heraus. Kopflos halt. Aber so kannte man
mich... Ich hielt mich am Waschbeckenrand fest.
Mir war so schwindlig. Eine ältere Dame fragte mich,
ob sie mir helfen solle. Aus dem Inneren des
Pullovers rief ich zurück, dass ich alles im Griff hätte.
Dabei hob ich den rechten Arm winkte. Die ältere
Dame blieb dennoch einige Sekunden lang neben
mir stehen. Sie wollte sicher sehen, wie sehr ich
alles im Griff hatte. Doch diesen Spass wollte ich ihr
nicht gönnen. Ich stand abwartend. Regungslos. Die
ältere Dame gab zuerst auf und verschwand.

Wahrscheinlich wollte sie ihr Flugzeug nicht verpassen, nur um einer Verrückten beim Umziehen beizuwohnen. Doch genau in diesem Augenblick durchfuhr es mich heiss. Innerlich und äusserlich. Glühend heiss. Wieviel Uhr war es eigentlich? Ich hatte nicht den Hauch einer leisesten Ahnung. Ich versuchte durch die Maschen die Stellung der Zeiger meiner Armbanduhr zu erkennen. In mir siedete es. Nein...das konnte nicht sein. Wie eine Wilde riss und zog ich am Pullover bis endlich mein glühend heisser roter Kopf herausschaute. Fast hätte ich die Ohren dabei verloren, doch genau diese Ohren hörten wie eine weibliche Lautsprecherstimme den letzten Aufruf aufrief. Während ich meine Habseligkeiten zusammen raffte hörte ich Fetzen von - Venedig – und - letzter Aufruf – und Isolde Weisshaupt. Gott, mir war schon wieder so übel! Aber nun hiess es klotzen...und nicht kotzen!

Pillen

„Isolde." Ich japste „Isolde Weisshaupt." Ich schnappte nach Luft. „Ich fliege nach Venedig." Und wedelte mit dem Flugschein. Meine Beine zitterten. „Ja, sie sind die Letzte auf die wir warten." wurde ich zurechtgewiesen. „Den Pass bitte!" tönte es schnippisch. Mit einem Scanner bewaffnet wurde ich eingehend gemustert. Eine Frau in hochhackigen Schuhen und schmalen Augen schaute mir ungeduldig zu, während ich meinem Pass suchte. Ständig hob sie ihren Arm um dann so zu tun, als müsste sie auf die Uhr schauen. Ihre Augen wurden noch schmäler, als sie die Aufschrift auf meinem quietschegelben Pullover las. Ihr Blick wurde sehr kritisch. „Und Sie sind Isolde Weisshaupt?" fragte sie schroff. Na und ob ich die war.
Ich weiss doch wie ich hiess! Doch, wo war nur mein Pass? Als ich in meine Handtasche griff, holte ich

doch tatsächlich eine Handvoll Oliven herauf. Einen Moment hielt ich irritiert inne. Mir kamen Wörter wie Wegzehrung und Männer - Wurfmaterial in den Sinn und sah jetzt auch vor mir, wie ich lachend das Schüsselchen Oliven als Reiseproviant in meine Handtasche schüttete. „Also wir können nicht länger warten. Das Flugzeug wird jetzt starten." Wie durch Watte hörte ich diese Worte. Ich sann in meinem Hirn. „Seitenfach...Seitenfach." murmelte ich. Und ja, aus dem Seitenfach zog ich meinen Pass hervor und überreichte diesen triumphierend. Die Dame kontrollierte mit geschultem Blick und rief ins Funkgerät: „Wir haben sie!" Mit raschen Schritten lief ich durch den überdachten Gang zum Flugzeug. Alle Passagiere sassen natürlich bereits in ihren Sitzen und einige von ihnen schauten also nicht gerade nett, als sie mich sahen. „Na endlich." murmelten manche. „Typisch Frau." hörte ich. Ich hielt auffallend suchend Ausschau nach 28 E. Ich hatte keine Ahnung, wo dieser Sitz sein sollte, schliesslich flog ich ja zum ersten Mal. Eine Flugbegleiterin nahm mir den Flugschein aus der Hand: „Zeigen Sie mal her." Mit geübtem Blick erfasste sie meinen Sitzplatz und führte mich dahin. An ausgestreckter Hand präsentierte sie mir einen schmalen Platz zwischen 2 Herren. „Bitte schön." Der Herr am Gang musste nun für mich aufstehen. Er hatte ziemlich lange Beine. Er war wirklich gross. Das Aufstehen fiel ihm sichtlich schwer. Mühsam kramte er seine Beine unter dem Vordersitz hervor. Ich nahm in der Mitte der Sitzreihe Platz und der lange Lulatsch setzte sich wieder hin. Er brauchte eine Weile bis seine Beine wieder verstaut waren. Dann klappte er sein Laptop auf und begann auf diesem herumzuhacken. Ich glaube, er schrieb etwas. „Danke." murmelte ich. Der lange Lulatsch nickte und hämmerte weiter. Ich staunte, wie schnell er schreiben konnte und beobachtete dies begeistert. Ich konnte nur das Adlersystem. Kreisen, finden, zuschlagen. Zu meiner Linken sass ein älterer Herr mit einer karierten Schirmmütze. Er hatte bereits die Augen geschlossen und schnarchelte leise vor sich hin. Es kam eine Durchsage. Irgendwas wie: „...nun sind wir endlich komplett und können starten." Dann rollte das Flugzeug auch schon los. Und da war er wieder. Mein Wurm. Mein fetter Wurm. Vor lauter Stress hatte sich mein Angst Wurm gar nicht bemerkbar gemacht. Aber nun....Mein Herz begann zu rasen und meine Hände wurden feucht. Ja bin war denn verrückt? Hocke hier eingepfercht in einer Kiste mit Flügeln die mich bis zu den Wolken trägt. Tief atmete ich ein und aus. Die Turbinen lärmten und das Flugzeug rollte schneller. Ich atmete lauter. Der Vogel rannte schon die Startbahn entlang und ich hechelte was das Zeug hielt. Meine Finger umklammerten die Armlehnen, meinen Kopf presste ich in die Rückenlehne und meine Beine hatte ich zu einem Knoten verschlungen. Der hämmerte Mann hielt inne und schaute mich kurz von der Seite an. Dann hämmerte er weiter. Eine Flugbegleiterin kontrollierte alle Passagiere, ob die auch alle brav angeschnallt waren und eine ihrer Kolleginnen präsentierte vor uns die Varianten der Überlebensmöglichkeiten. Das Flugzeug raste immer noch. Wollte es denn nicht endlich mal abheben? Ich kniff meine Augen zu und machte einige komische Laute. Meine Finger wurden weiss, so sehr hielt ich mich an der Lehne fest. Als ob die Lehne mich retten konnte. Und dann hoben wir ab. Ahhhhhhhh! Ich riss die Augen auf. Die Flugbegleiterinnen waren verschwunden, der rechte Herr hämmerte in sein Laptop und der Herr zu meiner linken Seite schlief tief und fest. Sein Kopf schaukelte nach vorn übers eine Brust und baumelte in einer Rechtskurve dann zu mir an meine linke Schulter. Dort blieb er dann hängen. Das Flugzeug hatte Schlagseite. Durch unser Fenster konnte ich die Landschaft zum Greifen nah erkennen und in den Fenstern auf der anderen

Sitzreihe war alles blau. Ich wurde blass, noch blasser als ich schon war. Ich spürte, wie ein paar Oliven sich den Weg durch meinen Hals bahnen wollten. Ein paar Schweisstropfen rannen über meinen Rücken und ich schluckte wie eine Wilde. Nicht schon wieder Oliven! Der fette Angst - Wurm in meinem Hals war Schuld. Ich atmete wie eine Schwangere und versuchte mich zu beruhigen. Innerlich redete ich mir gut zu und schwor mir, nicht mehr aus dem Fenster zu sehen. Der Sitz war auch nicht für mich gemacht. Ich sass unbequem, wusste nicht wohin mit meinen Beinen und nicht wohin mit meinem Fett. Es quoll unter den Armlehnen hindurch und der hämmernde Herr drückte es ab und zu wieder zurück in meine Richtung. Hinter meinen Ohren sammelte sich der Schweiss. Angstschweiss. Ebenso auf der Stirn. Ich zupfte umständlich aus meiner Manteltasche ein Papiertaschentuch und eine weitere Olive kam zum Vorschein. Diese grüne Olive fiel zu Boden und rollte unter den Vordersitz. Mit der linken Hand tupfte ich meine Stirn. Ich musste dringend aus dem Mantel raus, sonst würde ich als eine Pfütze enden. Ich schob vorsichtig den schlafenden Herren zu meiner Linken auf seine Seite und positionierte seinen Kopf vorsichtig am Fenster. Seine Mütze verschob sich etwas, aber ansonsten konnte sich das Ergebnis sehen lassen. Er wachte nämlich nicht auf. „Entschuldigung." raunte ich dem schreibwütigen Herrn zu. Ich deutete auf den Gang und der Herr deutete schweigend auf ein paar Leuchtknöpfe über meinem Kopf und bewegte sich keinen Zentimeter. Ich studierte die Knöpfe und verstand. Aber ich musste sofort den Mantel ablegen. Ich zerrann sichtlich. So begann ich mit verschiedensten Bewegungen, galant, also fast so galant wie eine Schlangenfrau, mich aus meinem Mantel auszufädeln. Ab und zu kollidierte ich mit dem schreibwütigem Herren. Der hörte dann immer zur auf zu hämmern, knurrte vor sich hin und rückte noch ein paar Millimeter weiter weg von mir. So ganz viel Spielraum hatte er ja nicht. Und auch der schlafende Herr zu meiner Linken bekam meinen Ärmel zu spüren. Mit diesem fegte ich ihm seine Karomütze vom Kopf. Diese fiel zu Boden. Ich zappelte und strampelte wie ein Fisch am Ufer bis ich mich aus dem Mantel befreien konnte. Im selben Moment schaltete sich der „Sitzenbleiben" Knopf über meinem Kopf aus und die Leute um mich herum standen auf, liefen umher, gingen zum WC, besuchten sich untereinander oder zogen ihre Jacken und Mäntel aus. Ich stopfte meinen Mantel unter den Vordersitz zu meinem alten kleinen Lederkoffer. Ich strich meinen Pullover glatt und schaute an mir herunter. Ich hatte einen pinkfarbenen Schriftzug auf meinem Oberteil drauf. Irgendwas mit – saus- stand geschrieben. Ich drehte meinen Kopf um besser lesen zu können und las murmelnd: „Partymaus". Wie bitte? Was zum Kuckuck ist das für ein Teil? Ich konnte mich gar nicht erinnern so ein schreckliches Teil zu besitzen. Ich kramte in meinem Hirn. Da erinnerte ich mich wieder. Es war zwar recht nebelig und verschwommen, doch sah ich Magdalena. Sie hatte einen qietschegelben Pullover welchen sie mir lachend in den Koffer stopfte. Magdalena! Ich ärgerte mich. Wieso hatte ich auch ausgerechnet diesen schrecklichen Pullover aus dem Koffer gezogen als ich mich im Flughafen WC umziehen musste? Ich beugte mich nach vorn Richtung Vordersitz und zog am Ärmel meines Mantels. Ich wollte meinen Pullover mit dem Mantel verdecken, also die Aufschrift wenigstens. Wir, also der Pilot, oder wer auch immer, machten eine Rechtskurve und der ältere schlafende Karo - Herr kippte auf meinen Schoss. Er kippte über die Sitzlehne und hing schräg auf 28 E. So stopfte ich den Mantel mit meinem Fuss wieder unter den Vordersitz zurück und schob den Herren wieder auf seinen Platz ans Fenster. Er hatte einen besonders guten Schlaf.

Ich fischte eine Zeitung aus der Mappe, blätterte diese rasant durch und steckte sie wieder zurück. Ich rutsche nach vorn und nach hinten, schlug die Beine übereinander und streckte sie unter den Vordersitz. Ich stöhnte und jammerte innerlich. Und plötzlich gongte es über meinem Kopf, die Anschnallzeichen leuchteten auf. Ein Baby begann zu schreien und ich wollte gern mit ihm schreien. Eine Durchsage informierte uns über die baldige Landung. Meine Finger umklammerten wieder die Armlehnen. Ich presste meinen Rücken in den Sitz und schloss die Augen. Mein Herz raste und der fette Wurm war wieder da. Ebenso der Kopf des schlafenden Herrn. Er hatte ihn an meiner linken Schulter geparkt. Ich hechelte laut, gab zwischendurch ein paar (Angst) Laute von mir und kniff meine ganz Augen fest zu. Meine Finger waren blutleer, ebenso mein Kopf. Der Mann zu meiner Rechten hörte auf zu hämmern. 2 Schweissperlen rannen meine Nasenflügel entlang.

Ich wollte sterben. Nie wieder fliegen, dachte ich. Ich hechelte wieder wie eine Schwangere kurz vor der Geburt bis das Flugzeug holpernd auf der Landebahn aufsetzte. Und als es seine Parkposition erreichte, hechelte ich immer noch. Der Mann zu meiner Rechten stiess mich kurz an der Schulter an und sagte: „Wir sind gelandet." Ich öffnete die Augen. Die Leute waren bereits aufgestanden und holten ihr Gepäck aus allen Fächern und Winkeln hervor. Der ältere Herr zu meiner Linken war wach und fühlte sich pudelwohl. Er schien fit und ausgeschlafen. Er fummelte gerade seine Mütze vom Boden auf und scherzte dann mit seiner Vordermannin. Diese kicherte laut. „Sie sollten das nächste Mal Beruhigungstabletten nehmen, wenn sie so grosse Flugangst haben." schlug mir der Herr zu meiner Rechten vor, drehte sich um und reihte sich mit seiner Laptoptasche in die Schlange ein, welche sich in Zeitlupe nach vorn Richtung Ausgang bewegte.

„Es gibt das so gelbe Pillen." gab er mir den ultimativen Tipp. Ich schaute ihm hinterher. Ja, gute Idee...eigentlich.

Mezzi (Schnäppchen)

Nachdem Käppi Mann über mich drüber gestiegen und das Flugzeug so quasi leer war, liess ich die Armlehnen los und erhob mich. Meine Finger waren steif und rot. Durch die Eingänge kam bereits laut schnatternd die Putzkolonne mit Eimerchen und Lappen bewaffnet den schmalen Gang auf mich zu. Jetzt aber! Hallo Isolde...es geht los! Venedig ruft. Was wirklich rief, war die Stewardess, die meiner Meinung nach einen zu breiten Hintern für diesen Job hatte. Sie rief mir zu, dass wir nun seit exakt 15 Minuten im Flughafen Venedig wären und ich nun aussteigen dürfte. Ja ja...beeilte ich mich zu sagen und murmelte... „eine alte Frau ist schliesslich kein D Zug." Mir war etwas schlecht, was aber wohl momentan mein Tageszustand zu sein schien. Mit einem Ruck zog ich meinen alten Lederkoffer unter dem Sitz hervor und schleppte mich zu Ausgang. Die Sonne blendete mich und sofort raunte eine Stimme in mir: heiss heiss heiss! Ich tapste geblendet auf die Gangway und musste acht geben, dass ich nicht samt Köfferchen die Stufen hinunter segelte. Heiss heiss heiss....Meine Güte, wie konnte das nur so heiss sein! In der Halle entledigte ich mich meines Mantels und zerrte und zupfte genervt am Ausschnitt meines gelben wollenen Pullovers. Den konnte ich ja nun nicht einfach so ausziehen...das hätte kein schönes Bild ergeben. So blickte ich suchend nach dem Wort Exit. Der Strom der Touristen schwemmte mich mit und ehe ich mich versah, stand ich vor dem Flughafengebäude. Ich war geschockt. Massenhaft Leute. Ein Geschnatter war das. Eine grelle heisse Sonne, die Luft stand still, kein Lüftchen wehte, es war stickig und heiss.

Die Sonne schickte unentwegt ihre Botschaften.
Heiss...heiss...heiss...heiss...Ich wollte dem
erspähten Taxistand zusteuern. Ein schwarzer Mann
mit mehreren Handtaschen über der Schulter und
Tücher an einem Stock und Sonnenbrillen auf einem
Brett stand mir im Weg. Im Nachhinein glaube ich,
er stellte sich mir absichtlich in den Weg. Er lächelte
mich an und sagte im astreinen Österreichisch. „Oh
Bella, wunderschene Frau. I hob a supa Sonnenbrün
für Di. Goar net teier". Und er hielt mir ein goldenes
glänzendes Gestell mit schwarzen Gläsern vor die
Nase. „Nein, danke, ich brauche keine Sonnenbrille"
und wollte an ihm vorbei stürmen. Doch er
versperrte mir einfach den Weg. „Aber
Seniorina, olle hobn a Sonnenbrün. Hier in bella
Italia. Schaun's." Und er zeigte auf die
Menschenmassen, die tatsächlich fast alle eine
Sonnenbrille auf der Nase trugen. "Und...i moch da
a supa Sonderangebot." Er lächelte breit und
begann ein Spinnennetz um mich herum zu weben.

„Da konnst du goar net na sogn." Er zeigte mir all seine weissen Zähne welche in Reih und Glied nebeneinander, fast wie Soldaten. Er lachte breit und hörte gar nicht mehr auf zu lächeln. Das Netz umwob mich und begann mich zu umgarnen. „Probier a moi!" feuerte er mich an und streckte mir das Modell vor meine Brust. In meinem Nacken sammelte sich Schweiss zu einem kleinen Bächle und rann mir den Rücken hinunter. „Do, probier a moi." Er nahm meine Hand und legte die Sonnenbrille einfach hinein.„Koa Ongst, guade Wor Seniora, M a r k e n w a r e". Er zeigte auf einen Schriftzug am Gestell. Ich könnte überhaupt nichts entziffern, ich war so geblendet von der Sonne. An meinen Schläfen lief bereits das Wasser herunter und mein Pullover schien immer schwerer zu werden. Die heissen Strahlen der Sonne hatten jede Faser meines Körpers erreicht und streichelten ihn.

Ich kochte innerlich und auch äusserlich. Das Spinnennetz zog mich fest an sich und machte mich schier unbeweglich. Ich hörte die Spinne sagen:„Und i moch da an suuuupa Preis, extra für so a bella Seniorina." Also stellte ich mein Köfferchen ab und setzte mit feuchten Händen die Sonnenbrille auf den Kopf. Oh...nicht schlecht, dachte ich. Denn sogleich waren meine Augen vor der gleisenden Sonne geschützt. Und auch den Verkäufer konnte ich nun gut erkennen. Auf seiner Stirn standen ein paar Schweissperlen, dies schien ihn aber nicht zu stören. Seine Augen blitzten munter und sein Atem roch nach Knoblauch. Sein Körper war muskulös und sein T Shirt eine Nummer zu klein. Seine Beine steckten in karierten Shorts und aus den Badeschlappen schauten jeweils 5 Zehen heraus. Da stand ich nun vor dem Verkäufer und dieser flippte fast aus. „Belissima!" Jauchzte er Oh „Du Schene¨"

Er machte eine Verbeugung. „Du Queen. Wie für Di gmocht!" Übertrieb er nicht ein wenig? Schon hatte ich noch ein buntes Tuch um den Hals und zwei Handtasche über meiner Schulter. „I moch a guats Angebot!" Um meine Füsse herum hatten sich bereits Schweisspfützen gebildet, dennoch fühlte ich mich nicht so unwohl. Und schick waren die Sachen ja schon! Das Tuch fühlte sich weich und zart an und so tolle schöne Handtaschen hatte ich auch noch nie besessen. „A guate Qualität, a guate Wor." Die Spinne strahlte mich an und zwinkerte mir zu. „Und für mei belissima Queen a supa Mezzie." Er tänzelte um mich herum. Mezzie?? Ich runzelte die Stirn. Dann murmelte er etwas Unverständliches, zählt mehrere Male seine Fingern ab, verdrehte die Augen in den Himmel und zwinkerte wieder. Vielleicht hatte er auch etwas im Auge. „Oba für Di, Bella, do moch i an supa Preis.

Er tat so, als müsse er nochmals rechnen. Er runzelte die Stirn, begutachtete die Sonnenbrille, strich über das weiche Tuch und fühlte am unechten Leder der Handtasche.„500 Euro! A Mezzie!"

Mhhh..... eher nicht

Über meine Mezzis war ich stolz und glücklich.
Erhobenen Hauptes, auf Zehenspitzen stehend, mit
Sonnenbrille auf dem Kopf, buntem weichen Tuch
um den Schultern, 2 Taschen über dem Arm und
meinem abgeschabten Lederköfferchen winkte ich
nach einem Taxi. Wow! Ich war perplex. Das Taxi
wendete und kam auf mich zu gefahren. Sonst
konnte ich stundenlang winken und keiner reagierte.
Aber hier! Wow. Nicht schlecht, Isolde, dachte ich.
Mit Brille, Tuch und Tasche.....ähm 2 Taschen, naja,
und dem Leder – Köfferchen, machte ich wohl was
her. Das Taxi kam auf mich zugesteuert, rollte dann
aber langsam an mir vorbei. Der Taxifahrer
würdigte mich keines Blickes und schaute stur
geradeaus. Naja, vielleicht konnte der Taxifahrer die
Entfernung nicht so abschätzen. Also ergriff ich

mein Köfferchen und lief wild gestikulierend dem Taxi hinterher. Ich rief: "Hier....Stopp...hier bin ich...hallo...aaaanhaaaalten! "Das Taxi stoppte und ich freute mich. Ich legte noch einen kleinen Zahn zu, um den Fahrer nicht warten zu lassen. Die beiden neuen Taschen baumelten wild auf meinen Schultern umher und waren recht störend, das Tuch hatte ich bereits abgezogen, ich hatte auch ohne Tuch heiss genug. Meine Nase war feucht und die Sonnenbrille rutsche ständig die Nase herunter. Der Henkel meines Lederköfferchen ächzte erschreckend. Ich glaube, ich ächzte auch. Und erst recht, als ich sah, dass sich bereits Leute für mein Taxi interessierten. Ein dicker Mann in langen mit Bügelfalten verschönerten Hosen und mit Handy am Ohr, reichte dem Fahrer einige Scheine durch die geöffnete Fahrertür. Eine schmale junge Brünette mit Pferdeschwanz, welches wohl seine Tochter sein durfte, drückte dem Taxifahrer mehrere Taschen und Tüten, sowie zwei kleine

Hundeboxen in die Hände. Beide kleinen Hunde kläfften und knurrten aus Leibeskräften und der Taxifahrer zog erschreckt seine Hände zurück. Die Hunde wurden vorerst auf das Autodach gestellt und vor der Abfahrt auf den Hintersitz gereicht. Und ja, als Mensch und Tier ihren Platz eingenommen hatten, fuhr mein Taxi einfach ab. Sprachlos, atemlos und im eigenen Schweisse badend, sah ich durch das Rückfenster des Autos die Fahrgäste. Der Dicke legte seinen Arm um die Schultern seiner Tochter. Das muss wohl Vaterliebe sein. Dann zog er sie an sich und küsste sie auf den Mund. Sie blieb in seinen Armen liegen und das Taxi setzte sich in Bewegung. Ich setzte meine verrutsche Sonnenbrille wieder gerade, blinzelte zweimal und murmelte: „Tochter? Mhhh, eher nicht."

Caldo

Ich stellte mein Köfferchen auf den Boden und richtete meine neuen Ledertaschen auf der Schulter. Mein Vater – Tochter -Taxi war verschwunden und mein Blick wanderte irritiert umher. Hoffentlich hatte das keiner gesehen! Ich wollte mit dem Fuss aufstampfen und weinen, doch beherrschte ich mich in letzter Sekunde. Schliesslich war mein Gesicht ja schon feucht genug. Und nicht nur mein Gesicht. Mein Pullover klebte und meine Haarsträhnen hingen wie feuchte Würmer herab. Plötzlich entdeckten meine Augen etwas Bekanntes. „I. Weisse Haupt" las ich auf einem Papier. Dieses Papier hielt ein kleiner Mann in der Hand. Er hielt es nicht besonders ausdrucksstark. Es hing schief zwischen seinen Fingern. Dafür diskutierte und er ausdrucksstark mit zwei anderen Männern.

Und ab und zu, ganz plötzlich, gestikulierte er kräftig mit seinen Armen und sein „I. Weisse Haupt" Papier in seinen Fingern wedelte wie eine Fahne hin und her. Langsam steuerte ich auf diesen Mann zu. Ich hatte das Gefühl, er wartete auf mich. In meinem Kopf kramte ich nach Italienischen Wörtern. Ich richtete meine verrutsche Sonnenbrille gerade und atmete tief durch. „ Io Isoldo, ähhhh Isolde." sagte ich leise, als ich den wilden Menschen erreichte. Der Wilde überhörte mich in seinem eigenen Wortschwall. Ich musste in Deckung gehen, dass er mich nicht noch erschlug mit seinem „I. Weisse Haupt" Papier. Also, etwas lauter. „Ich rief: IO IISOOOOLDE!" Der Mann fuhr herum wie eine Furie, schaute mich ganz erstaunt an. „Scusa seniorina, cosa dici?"

„Dici?" Mein Blick war verzweifelt. Der Wilde

schaute mich entgeistert an. An meinen Schläfen

rann das Wasser herunter. Ich richtete meine Brille,

stellte meinen Lederkoffer ab und klopfte auf meine

Brust. „Isolde." „Ahhhhhhh!" Der Blick des Wilden

erhellte sich und er wurde sanft wie ein Lämmchen.

„Ahhhh sono Isolde weisse Haupt?" Er faltete sein

Namens - Papier sorgfältig, steckte es in seine

Gesässtasche und nahm mein Köfferchen aus

meiner Hand. Sein Blick blieb kurz an der Aufschrift

meines wohlig warmen Strickpullover hängen, doch

als gleich fasste er sich wieder. Er verdrängte das

Gelesene erfolgreich, zeigte mit seinem kurzen

Finger in eine undefinierte Richtung. „Bene bene

Isolde weisse Haupt." Er fummelte au seiner

vorderen Hosentasche herum und brachte einen

Schlüsselbund zutage. Er drehte sich zu mir herum,

sah mich an, setzte ein breites Grinsen auf und

sagte: „Caldo...heute molto caldo was Isolde weisse

Haupt." Wie Bitte? Caldo? Kalt? Also ich hatte alles

andere als kalt! Mir war warm...ach was...heiss! Heisser ging es gar nicht. Und wieso nannte er mich „Weisse Haupt"? Ich heisse doch Weisshaupt. Das sollte ich noch klären. Er rasselte mit seinem Schlüsselbund vor meinen Augen, drehte sich herum und lief in kurzen schnellen Schritten davon. Ich folgte ihm so schnell ich konnte. Meine neuen Taschen baumelten munter gehen meine Beine. Ich rief dem Wilden vor mir gegen den Rücken: „Io Isolde...Isolde Weisshaupt, aber Isolde reicht." Ich richtete meine Sonnenbrille und rief: „Und ich finde es eher heiss hier, nicht kalt."„Si si, caldo!" rief der Wilde vor mir und drehte sich erst gar nicht zu mir herum. „Nein!" rief ich dem Wilden nach. „Nicht kalt...heiss...es ist heiss hier...no caldo...warmo." „Si si, Seniora, Io so...heute molto caldo..." Er fuchtelte mit seinen Armen herum und rief irgendwas von Madonna Dio in den Himmel. Und dann hatten wir auch schon das Auto erreicht. Er öffnete mit einem Lächeln einladend die hintere Autotür. In meinem

Kopf summte es. War ich bekloppt oder er? Ich richtete meine Sonnenbrille, klopfte energisch auf die Brust: „Io Isolde, das reicht. ISOLDE. Und nicht caldo. Eher warmo. Sehr warmo." Ich fächelte mir mit der Hand Wind zu und zeigte zur Unterstützung meine Rinnsale an meinen Schläfen. Damit er diese auch genau sehen konnte, kam ich ein Stückchen näher an ihn heran. So nah, dass ich feststellen konnte, dass er nach Fisch roch. Oder war ich das? Ich wollte nachher heimlich mal unter meinen Armen schnuppern. Ich glaube, er wollte meine Rinnsale gar nicht sehen und wich aus. Sein Lächeln war auch plötzlich verschwunden. So stiegen wir beide wortlos ins Taxi. Rasant und ohne Unterhaltung fuhr er mich durch die Stadt und wortlos auf einen Platz, auf welchem nur Autos standen. Wortlos hielt er an, wortlos machte er mir die Tür auf und stellte mein Köfferchen wortlos neben mich. Er legte seine Hand für eine Kapitän, ganz schnell an seinen Kopf, stieg in das Taxi und mich liess mich stehen. Ich atmete tief ein und aus und ein leichter Schauer lief meinen schweissgebadeten Rücken hinunter. Die Sonne war gerade hinter einer Wolke verschwunden. Mein Körper schüttelte sich. Ohhh vielleicht hatte ich ja doch caldo?

Olive oder Münze?

Eine wunderschöne, nein, eine traumhafte Anlage erwartete mich. Ich folgte dem Koffer – Boy der steif vor mir lief und meinen kleinen alten Koffer trug. Wir durchliefen den idyllischen Garten, der Kies knirschte unter meinen Absätzen. Ich schloss die Augen und atmete tief durch. Es roch frisch, es roch frei, es roch nach Entspannung, nach Meer, nach Urlaub und ein wenig nach gebratenen Hühnchen. Als ich auf den plötzlich stehen gebliebenen Koffer - Boy auflief, öffnete ich meine Augen wieder und räusperte ein Pardon. Der Boy lächelte und zeigte auf den mit Blumen umrandeten Eingang zu meinem Apartment. Es war ein wirklich hübscher kleiner Bungalow. Weiss getüncht mit blauen Fensterläden und roten Geranien davor. Der Boy deutete mit der flachen Hand zum Haus und machte eine Kopfbewegung.

Ich ging voran und öffnete die Tür. Der Boy stellte meinen Koffer in den Flur und sich neben den Eingang. Dort blieb er stehen. Wortlos. Ich wusste schon, er wollte Trinkgeld, doch aus meiner Jackentasche zog ich nur eine Olive, das war sicher nicht die letzte. Ich durchforstete meine Hose und siehe da, eine Münze. Eine Münze für den Einkaufswagen. Links hielt ich die grüne Olive und rechts den Wagenchip. Was soll ich ihm geben? Vielleicht die Olive? Für den nächsten Salat? Mh..ich grübelte und suchte weiter. Nichts. Keine weiteren Münzen und auch keine weiteren Oliven. Für einen Olivensalat reichts dann ja wohl nicht. Dann also die Münze! Die oder nichts, entschloss ich mich. Ich setzte ein honigsüsses Lächeln auf, stakste auf den Koffer - Boy zu, drückte die Einkaufswagenmünze in seine flache Hand, hauchte ein nicht hörbares gracias. Dann drehe mich um, schloss schnell die Tür von innen, atmete tief ein und hielt die Luft an.

Ich legte mein rechtes Ohr an die Tür, lauschte gespannt und machte grosse Augen vor Anstrengung. Draussen hörte ich Schritte die sich entfernten, der Kies knirschte. Gut gemacht Isolde. Den siehst du eh nicht mehr wieder. Und bei Abreise kannst du deinen Koffer ja auch selbst tragen. Ja, genau! Vielleicht bekomme ich dann auch eine Münze. Oder vielleicht doch nur eine Olive?

Relaxt unter Schönen und Dicken

Zufrieden lächelte ich, warf mich aufs Bett und breitete die Arme aus. So weich, so frisch, so kühl. Der Ventilator über meinem Kopf summte leise und eine fette Fliege kletterte den Vorhang hinauf.

Oben angekommen fiel sie, weil sie wohl fett und schwer war, wieder zu Boden. Dort lag sie dann auf dem Rücken, strampelte mit den Beinen und summte nervös und genervt herum. Sie zappelte und summte so sehr, dass sie sich im Kreise drehte. Auf dem Rücken liegend, wohlgemerkt. Schon erstaunlich, diese Viecher. Ich könnte so was nicht. Ich schaute zu, wie sie nun schon ein 3. Male den Vorhang hinaufkletterte, bevor sie wieder zu Boden stürzte und sich, wie eine Wilde summend auf dem Rücken kreiselte. Ich beschloss sie zu erlösen. Ich zog die Vorhänge beiseite und öffnete die Balkontür. Wow. Welch ein Blick! Ich konnte direkt auf den Pool und die Liegen schauen. Auf glänzende makellose Körper. Auf lange Beine neben kurzen Stampfern, auf grosse breitkrempige Hüte und dicke Bäuche, auf rotlackierte Nägel und zu enge Badehosen und auf perfekte Brüste neben behaarten Männerrücken. Ein permanenter Gegensatz, wohin ich schaute. Die Frauen waren

222

Elfen. Göttlich. Sie lagen mit Sonnenbrillen geschützt unter Sonnenschirmen. Die Männer sassen in bequemen Sesseln, rauchten Zigarre und liessen sich die Sonne auf den behaarten Bauch scheinen. Begleitet mit Badehose und Hut. Sehr interessant. Die Luft draussen war schwül und warm und es überkam mich die Lust genauso, wie die Elfen, am Pool zu liegen und zu dösen. Ich kramte aus meinem Koffer meine Badekleidung. Dank Magdalena und einigen Gläschen Sekt, hatte ich mich für den Bikini entschieden und den Badeanzug wieder unters Bett geworfen. Nun hielt ich den winzigen 2 Teiler skeptisch in die Höhe. Das Oberteil war Gelb mit blauen Punkten. Das passende Unterteil hatte ich leider nicht gefunden, so packte ich das rot weiss gestreifte Höschen ein, dessen Oberteil schon seit längerer Zeit verschwunden war. Gut, hier kannte mich ja eh kein Mensch. Ich wollte ja auch nur ein wenig in der Sonne dösen.

So schälte ich mich aus meinen warmen Kleidern und stieg und die Urlaubs – Bade – Klamotten. Hätte ich in den Spiegel geschaut, wäre ich wohl nie am Pool gelandet. So aber zog ich mir den blütenweissen Bademantel über, schlüpfte in genauso weisse Pantöffelchen klemmte mir mein Buch „Wie angelt man sich einen Mann" – ein unterstützendes Geburtstagsgeschenk meiner Mutter bei meiner Männersuche unter den Arm, setzte meine niemals kaputt gehen dürfende Sonnenbrille auf und schon sah ich schwarz. Also, nicht schwarz, aber ich sah auch nicht besonders viel. Es war ziemlich duster. Ich tappte an der Wand entlang und trat vor die Tür. Ich hatte mir vom Balkon aus schon ein Plätzchen mit einer freien Liege ausgeguckt, wo ich liegen wollte. Da wollte ich jetzt hin.

Abseits der Schönen, allein und in mich gekehrt wollte ich die Sonne geniessen. Ich lief tapfer im reinen Blütenmantel vorbei an all den Schönen unter ihren Schirmen, die bei meinem Anblick die Augen zukniffen und ihre Brillen wieder auf die Nase setzten. Es roch nach Parfum, nach Alkohol, nach Sonnencreme und nach Schweiss.

Zwischendurch hörte ich hysterisches gekünsteltes Lachen. Die mageren Schönen zogen ihre Bäuche ein und stakten in hohen Absätzen umher. Ich machte mit meinen Pantöffelchen nicht so laute Geräusche. Und wieso hat man am Pool so hohe Schuhe an? Unbegreiflich. Ich erreichte erhobenen Hauptes meinen Platz und wollte die freie Liege aus der Reihe ziehen. Schon kam ein Boy angesprungen und rief „Seniora, Senora!" Mit grossen erstaunten Augen musterte ich den heranspringenden mit den Armen wedelnden jungen Mann im rosa Hemd und schwarzer Hose. Was wollte der denn jetzt? Der wollte sicher meine Liege durschoss es meinen Kopf.

225

Die einzig freie Liege! Ne, nicht mit mir. Ich

umklammerte die Lehne der Sonnenliege. Nicht zu

früh, denn schon hatte der rosa Hemden Junge

mich erreicht und rief. „Stopp, Seniora." Ich zog an

der Lehne meiner Liege und sagte: „Meine." Ich

deutete mit dem Buch auf die Liege und zog etwas

stärker. Der junge Mann mit seinen nach hinten

gekämmten, ölig anmutigenden Haaren zog nun

von der anderen Seite. An meiner Liege! Er lächelte.

„Io Angelo." sagte er, oder so etwas ähnliches und

deutete auf sein Namensschild am rosa Hemdchen.

„Io Isolde." sagte ich und „das da meine." Mit

Nachdruck stampfte ich mit dem rechten Fus auf.

Ich zog noch etwas fester an der Liege. Die Augen

des rosa Hemdchen Jungen verengten sich und

auch er zog fester. Also mir wurde das zu bunt. Da

kommt einer und will mir, mir Isolde Weisshaupt,

die einzige Liege klauen? Ha! Nicht mit mir! Ich riess

mit einem Ruck die ganze Liege zu mir.

Überraschend, wie ich merkte, denn der rosa

Hemdchen Junge strauchelte etwas, runzelte die Stirn, schüttelte den Kopf und liess los. Ja...er liess meine Liege los. Juhu! Ich jubelte innerlich, Schlacht gewonnen! Ich schaute triumphierend und mit geschwellter Brust von oben herab in die Runde der Schönen und Dicken, die mir bei der Schlacht zusahen. Manche schüttelten den Kopf. Wahrscheinlich aus Anerkennung. Es war auch sehr ruhig, kein hysterisches Lachen, keine Geklacker von Absatzschuhen, einige tuschelten, andere waren erstarrt, mit offenem Mund. Mit einem „pah!" verabschiedete ich rosa Hemdchen, welcher seinen Kopf immer noch schüttelnd langsam aus meinem Blick verschwand. Meine Liege zog ich nun aus der Reihe heraus, drehte sie herum, sodass die Sonne über Kopfende stand. Alle anderen Sonnenanbeter lagen anders herum. Ich setzte mich auf die Liege und blätterte im Buch und tat konzentriert. Die Sonne war heiss, mein Körper begann rasend schnell zu schwitzen, das Buch war langweilig und konzentrieren konnte ich mich auch nicht. Ausserdem war ich noch etwas aufgewühlt von meiner Schlacht und mein Herz klopfte schnell. Und ich kochte vor Hitze und vor Stolz. Wasser lief meinen Rücken herab. Nicht lange, und würde eine Pfütze zu meinen Füssen erscheinen. Sollte ich mich wirklich ausziehen? Vor all den Fremden? Innerlich und äusserlich begann ich zu kochen. Aus meinem Bademantel kroch sicher schon heisser Dampf hervor. In allen Poren sammelte sich Wasser, rann zusammen und lief in Bächen über meinen Bauch und meinen Rücken. Mein Haaransatz, hinter den Ohren und mein Nacken waren nass und kitzelten entsetzlich. Also gut! Ziehen wir uns halt aus. Es kannte mich hier doch eh keiner. Elegant, also so elegant wie es mir möglich war elegant zu sein, rollte ich mich auf die Liege und streifte dabei den Bademantel ab. Oh Gott! Ich blickte an mir herunter. Ich sah aus wie ein Walross. Meine blendend schneeweisse Haut schlug einige Fettschwarten am

Bauch, meine Schenkel hatten grosse Dellen, die ich vorher noch nie gesehen hatte (wo kamen die denn her zum Kuckuck), meine Beine waren unrasiert und hatten Abdrückte von den Socken. Peinlich Isolde! Ich legte mich fluchs auf die Liege und siehe da...schon besser. Das Fett verteilte sich seitlich und mein Bauch schien ganz schön flach. Wow, gar nicht so übel! Sogar meine Zehen konnte ich liegend sehen. Ich freute mich, strich mir die feuchten Haare aus der Stirn und schob die niemals kaputt gehende Sonnenbrille auf die Nase und schloss die Augen. Ich atmete tief ein und ganz lange aus. Nun nur noch entspannen und geniessen, dachte ich.

„Scusi Seniorina." Was denn nun schon wieder? Mürrisch und brummend schob ich meine darf niemals kaputt gehende Sonnenbrille auf den Kopf und blickte auf. Ohha! Sogleich durchzog ein Lächeln mein Gesicht. Vor mir ein Jüngling, auch im rosa Hemd mit violetter Fliege, mit einem Tablett voller leckerer frischen Melonenstückchen. Ein goldenes Kettchen schmückte seinen schmalen Hals. An dem Kettchen baumelte ein goldenes Kreuz. Dieses Kreuz hing direkt vor meinen Augen und schwang langsam und leise hin und her. Es wollte mich hypnotisieren. Meine Augen gingen den Schwingungen mit. Der Jüngling räusperte sich und deutete mit der Zange auf die saftigen Melonenstückchen. Oh ja das Wasser lief mir im Mund zusammen. Ich nickte und erspähte auf dem Namenschild seinen Namen. Sandro. Aha, so sehen also Sandros aus. Nicht schlecht! Seine Haare waren nach hinten gekämmt und zusammengebunden. Im rechten Ohr konnte ich einen Ohrring glitzern sehen. Ich erhielt eine Serviette und ein saftiges Stück Melone. Der Jüngling drehte sich zur nächsten Liege. Plötzlich durchschoss etwas (im Nachhinein Unsinniges) meinen Geist. Ich rief laut nach dem Jüngling. „Sandro!" Sandro drehte sich zu mir herum und ich rief: „Gracia, Sandro." Und hielt das Melonenstück hoch. Die Melone tropfte munter auf meine Beine. Sandro lächelte und nickte und verschwand. Ich verschwand auch. Also, ich wollte verschwinden, in den Boden. Wie blöd war denn das wieder? „Danke Sandro" äffte ich innerlich nach. Ja, ich wollte doch nur nett sein. Nett und doof. Ein nettes doofes Walross mit rotem Kopf. Ich rieb energisch mit dem Blütenmantel die Melonenkleckertropfen von den Beinen und legte mich in Entspannungsposition. Meine nie kaputt gehen dürfende Sonnenbrille setze ich wieder auf die Nase und dann entspannte ich mich. Ich spürte die warmen Sonnenstrahlen auf der Haut und meine Atmung wurde langsamer. Ab und zu biss ich noch an dem Melonenstückchen herum. Weit ab hörte ich die Stimmen und spitzes quietschendes Lachen der Schönen und Dicken, die sich immer weiter entfernten bis ich nur noch Gemurmel hörte. Es klang ein wenig wie Wasserrauschen. Ein Gurgeln. Wie an einem kleinen See, an einem kleinen Wasserfall, wenn das Wasser so leise vor sich hin gluckert. Und so schön in der Sonne glitzert. Ein See, der still und sanft vor sich hin ruht. Ich lauschte in die Stille. Ach so genüsslich.

Richtig angeln

„Da müssen Sie aber eine lange Angel auswerfen." Das hörte ich laut und deutlich. Glasklar. Nicht gemurmelt. Und es rauschte auch nicht. Erschrocken öffnete ich ein müdes Auge. Und kniff es gleich wieder zu. Mein Mund stand offen, meine Kehle war trocken und mein Mundwinkel feucht. „Ich meine, sie müssen schon etwas dafür tun. Ein Mann kommt sicher nicht von allein zu ihnen." Die Stimme klang jung, zickig & spitz, Mädchenhaft eben. Meine Arme hingen schlaff beidseitig herunter und meine Fingerspitzen berührten das Buch, welches neben der Liege lag. Ich rollte mich herum und öffnete nochmals versuchsweise mein rechtes Auge. Dann schluckte ich mehrmals, nicht nur der trockenen Kehle wegen. Auf meiner Nachbarliege sass ein Mädchen, mit grossem Hut, geflochtenem Zopf, roten

Fingernägeln und einer verspiegelten Sonnenbrille auf der Nase und deutete auf mein Buch am Boden. Sie sass quer auf ihrer Liege und schaute mich direkt an. Wie lange echt schon? Mir wurde leicht übel. Auf meinem Bauch lag die Melonenschale und darüber postierten 2 Melonenkerne. Ich blickte auf das Obst – Gesicht und schnipste die Kerne davon. Als ich die Melonenschale von meinem Speckbauch nahm, hinterliess sie einen hellen Streifen. Ich hatte tatsächlich ein Smiley auf meinem Bauch, oberhalb des Bauchnabels. Mein Körper war knallrot. Rot mein Bauch, bis auf das Melonensmiley, rot meine Beine. Mein Oberkörper feuerte, ebenso mein Gesicht. Wie ein schwerfälliges Walross setzte ich mich auf, nahm meine Brille ab und kämpfte einen Moment gegen die Übelkeit und die Sonne. „Und übrigens, die Sonnenstrahlen sind sehr aggressiv. Ich an ihrer Stelle würde meine Haut schützen." Achja? Wer zum Kuckuck war das kleine Luder mit den überflüssigen Kommentaren? Das kleine Luder hatte ein grosses buntes Tuch hinter dem Hals zusammen geknotet und legte sich mit einer Leichtigkeit rücklings auf die Bank. Sie schnipste mit dem Finger und ein rosa Boy brachte ihr ein Glas Wasser. Ich hob auch den Zeigefinger. Ja, Wasser, das könnte mein Körper gut gebrauchen! Mich übersah der rosa Boy, er drehe sich um. Ich schnipste mit dem Finger, zaghaft zwar und auch unnütz. Da sass ich nun, mein Kopf war heiss, mein Smiley blass und ich fror. Dann stellte ich fest, dass sich in der Zwischenzeit alle Liegen in meine Richtung gedreht hatten. Die Liegen standen alle in Reih und Glied, dicht an dicht. Und dicht bei mir. Eiskalt stellte ich auch fest, dass mir wohl das halbe Hotel beim Schlafen zugesehen haben musste. Das kleine Luder schob indessen ihre Sonnenbrille tiefer und blickte mich über die Gläser hinweg an: „Sie sehen aber gar nicht gut aus." Sie nickte und sagte: „Ich denke, sie haben einen Stich." Hatte ich das? Fragend schaute ich das kleine Luder an. „Einen

Sonnenstich." erklärte sie. Dann zog sie genüsslich am Strohhalm und fischte einen Eiswürfel aus dem Glas. Diesen legte sie sich auf die Brust, rekelte sich und legte sich wieder hin. „Mir geht es gut!" protestierte ich. Allerdings spürte ich ein wirkliches Unwohlsein in mir, eine Art Schwäche und Schlappheit. Ich angelte nach meinem Blütenmantel und nach dem Buch und schlüpfte in meine Pantöffelchen. „Und, können Sie mir sagen..." ahhh das kleine Luder wieder. Genervt schaute ich sie an. „Ich meine, wissen Sie jetzt, wie man sich einen Mann angelt?" Ich taumelte ein wenig und musste mich am nächsten Sonnenschirm festhalten. Wieso musste ich denn so blöde Fragen beantworten? Das kleine Luder setzte sich auf, schaute mich an und sagte: „Ich glaube, sie wissen es nicht! Hab ich Recht?" Sie kicherte. „Sie würden gar nicht wissen wie das geht." Ach mir war so schlecht. Ich schaffte es nicht einmal mehr meinen blütenweissen Bademantel anzuziehen um meine

Fettpolsterungen zu verdecken. Es war mich ehrlich gesagt auch grad so was von egal. Ich wollte hier nur einfach weg. Weg von den Schönen und Dicken, raus aus der Sonne und weg von dem kleinen Luder. „Du wirst die Erste sein, die ich informiere." Mit diesen Worten drehte ich dem kleinen Luder meinen schneeweissen Rücken zu und schleppte mich in mein Apartment.

Sonnenstich

Ich warf mich aufs Bett und zog die Decke bis zum Kinn. Ich zitterte wie Blätter im Wind. Mein Körper war schlapp und schwach. Ich fror wie eine Giraffe in der Antarktis. Meine Zähne klapperten haltlos und alles drehte sich. Mein Körper war heiss und trotzdem hatte ich kalt. Sonnenstich! Vor meinen geschlossenen Augen sah ich eine Fischbüchse, die ich aufrollte und in der Büchse lagen die Schönen und Dicken brav nebeneinander. Dann kam das kleine Luder angelaufen mit einer Angel über der Schulter und Sandro im Arm. Sein goldenes Kreuz blendete mich in der Sonne. Und ich sah mich, ich sass in einem Haufen von Melonenschalen, bis zum Hals sass ich drin. Dann schlief ich wohl ein. Ich weiss nicht genau wie lange ich schlief. Aber als ich das erste Mal erwachte, schaffte ich es gerade noch bis zum WC um mich zu übergeben. Beim 2. Mal klopfte es an der Tür und das Zimmermädchen betrat mit Eimer und Mopp mein Zimmer. Ich war zu schwach um auch nur irgendwas zu rufen, so konnte ich lediglich wild gestikulieren und eindringlich auf ihren Eimer zeigen. In diesen übergab ich mich dann beim zweiten Male. Wortlos verliess die Putzfrau mit dem halb gefüllten Eimer mein Zimmer und ich schlief weiter.

Als ich irgendwann wieder erwachte, knurrte mein Magen. Ich hatte Hunger und zwar so richtig Kohldampf. In meinen Armen und Beinen spürte ich wieder Leben. Mein Kopf war heiss und meine Lippen trocken. Vorsichtig schob ich einen Fuss unter der Bettdecke hervor und erkundete meinen körperlichen Zustand. Es ging mir super. Denn als gleich sass ich auf der Bettkante und war voller Tatendrang. Ich war sehr froh, den Sonnenstich überwunden zu haben. Ich bemerkte einen penetranten Geruch und stellte fest: Isolde, du stinkst. Ich schälte mich aus allen Kleidern und duschte ausgiebig. Mein Magen knurrte noch lauter als vorher und ich verliess mit feuchten Haaren mein Zimmer, hüpfte frohgemut die Treppe herunter um das Restaurant aufzusuchen.„Isolde Weisshaupt" kündige ich mich an. „Einmal Frühstück bitte". Ich tänzelte von einem Fuss auf den anderen und freue mich auf gebratenen Speck und Spiegeleier.

Die Dame an der Restaurantpforte schob ihre
Augenbrauen in die Höhe und blickte skeptisch:
„Seit 10 Minuten vorbei. NACHTESSEN! Seniora,
dann nächste Essen morgen früh 7 Uhr." Was?? Ich
war irritiert. Ich schielte auf ihre Armbanduhr. 10
nach 10. Ich hatte keinerlei Zeitgefühl, nur Hunger.
Gott, mein Magen knurrte bis zu den Ohren. Ich
überlegte kurz. „Ich habe Hunger, sehr grossen
Hunger. Ich habe viel geschlafen, habe einen Stich.
Capito? " Ich fasste an meine Stirn, legte die andere
Hand auf meinen Bauch und schaute, als müsste ich
einen Regenwurm essen. „Viele Sonne, viele heiss.
SONNENSTICH. Viel warm und viele viele Sonne
ganze Tag." Die Frau blickte ein weiteres Mal
skeptisch. Sie klappte ihr grosses Buch zu und sagte
langsam und deutlich, als stünde vor ihr eine
Bekloppte: „Seniora, wir haben Regen seit 2 Tage."

Abgeschossen

Gerade, als ich mir den Milchschaum meines Cappuccinos in den Mund schaufelte, schoss das kleine Luder auf mich zu. Sie baute sich vor mir auf und sagte: „Das ist sie." Ich war gar nicht bereit für das kleine Luder und völlig perplex. „Wie bitte?" Das kleine Luder präsentierte mich mit ausgestrecktem Arm an flacher Hand. Sie setzte einen triumphierenden Blick auf. Ich schaufelte meinen Milchschaum weiter ohne den Blick von ihr abzuwenden. Was wollte die denn schon wieder von mir? Hinter dem kleinen Luder tänzelte ein kleiner Kahlkopf. Sein Schädel glänzte. Ich starrte auf den Kopf und konnte tatsächlich mein Spiegelbild erkennen. Er war klein, hager und zappelig. Er sprang wie ein Hündchen nach einem Knochen um mich herum, nahm mir den Löffel aus dem Mund und zog mich vom Stuhl hoch. Molto

bello murmelte er immer wieder. Dann legte er
seinen Kopf schief, machte einen spitzen Mund,
legte einen Finger an die Lippen und schien zu
überlegen. Doch schon gleich zupfte er an meinen
Haaren herum und hielt meine Strähnen mit spitzen
Fingern nach allen Seiten. Du bist perfeto meine
schöne, belissima Cleo. Er roch an meinen Haaren.
Wirklich! Er vergrub seine Hakennase in meinem
Nacken. Tief atmete er ein, hielt die Augen
geschlossen und murmelte etwas in seinen
gezwirbelten Bart. Er legte seine Hände auf meinen
Po und jaulte auf: „gonfio." Ich flippte aus und
stiess ihn weg. „Entschuldigung!" rief ich. Doch der
Kahlkopf presste mich an sich und positionierte sein
Gesicht direkt vor meines. Ich war wie gelähmt und
riss nur die Augenbrauen hoch und wartete steif auf
dass, was da so kommen möge. „Caldo!" Er hauchte
dieses Wort immer wieder. Ich verzog den Mund.
Sein Atem roch nach Alkohol und seine Augen
waren schwarz umrandet. Ich glaubte erkennen zu

242

können, dass seine Augenbrauen nicht echt waren. „Caldo...du bist so caldo!" er drehte mich an seiner Hand und legte seinen Arm um meine Hüfte. Er war so klein, ich überragte ihn um einen Kopf. „Oh belissima Cleo." Ich verstand kein Wort und verstand aber auch sonst nichts. Dann klatschte er in seine Hände und sogleich kamen 3 Männer angerannt. Alle drei Männer sahen gleich aus. Offensichtlich waren sie geklont worden. Nach hinten gekämmt Haare, ölig, hinten zu einem Zopf geflochten. Sie trugen karierte Shorts und ein orangefarbenes Hemd. Einer hatte Stiefel an, die beiden anderen trugen Badelatschen. Der eine hielt mir meine Arme auseinander, der zweite schlang mir geschwind das Massband um meine Hüften und der dritte notierte die ihm zugerufenen Zahlen. Hilfesuchend blickte ich zum kleinen Luder. „Was ist hier los?" Das kleine Luder feilte in einer Seelenruhe an ihren Fingernägeln und kaute wie eine Kuh mahlend auf einem Kaugummi. „Du wirst vermessen." erklärte sie mir. Aber ich wollte gar

nicht vermessen werden! Der Kahlkopf hob mein

Kinn und schaute meine Proportionen genauer an.

Was zum Henker wollte er denn bloss von mir.

Dann wurde mein Po vermessen. „119" rief der Klon

mit dem Massband dem anderen zu. Wie bitte?

Hilfesuchend und Erklärung bittend nahm ich

nochmals Blickkontakt mit dem kleinen Luder auf.

„Wer ist das?" Ich deutete mit meinen Augen auf

das kahle Männlein. Das kleine Luder hörte auf zu

feilen, starrte mich mit offenem Mund an. Sie

wirkte doch recht erstaunt. „Du kennst ihn

nicht?" „Ähhhm, nein. Sollte ich?" „Das ist Ma-Ni-

Ma!" rief das kleine Luder etwas vorwurfsvoll und

feilte wieder an ihren Nägeln. Natürlich! MaNiMa!

Wie konnte ich MaNiMa bloss nicht kennen? Ich

nickte. Klar! Ganz klar. MaNiMa. So sieht auch ein

MaNiMa aus. Der Kahlkopf hatte seine Hände in

meinen Haaren vergraben und murmelte irgendwas.

Ich verstand nur „Cleopatra". Dabei knurrte er ganz

komisch. Mir war etwas unheimlich. Der Umfang

meiner Brust wurde in die Runde posaunt. 103.

Was? Mein Hintern ist grösser als mein Busen? Da

lag sicher ein Messfehler vor. Und mein Bauch war

dann sicher auch 100. Haha. Ich schüttelte den Kopf

räusperte mich. Bauch: 123 wurde gerufen. Mir

standen die Haare zu Berge. Waaas? Ich schielte auf

meinen Bauch. Also, so fett bin ich doch nun

wirklich nicht. Also, naja, ein paar Speckringe wies

mein Bauch schon auf. Aber, ich konnte doch auch

nicht so mager sein, wie all die anderen hier. Die

konnten sich bestimmt keinen Käsekuchen

genüsslich in den Mund schieben. Beim Gedanke an

Käsekuchen überkam mich ein leichtes

Hungergefühl. Aber, ich wurde hier ja noch

festgehalten und vermessen. Der ölige Klon hielt

meine Arme immer noch auseinander. Und nun

wurden meine Oberschenken gemessen. Oh dieses

Resultat wollte ich gar nicht hören. „Entschuldige

bitte, aber ich habe keine Ahnung wer MaNiMa sein

soll!" zischte ich dem kleinen Luder entgegen. „Das kleine Luder hielt ihren Kopf schief und erklärte mir, wer MaNiMo war: „Das ist Massimo Nico Marco". Sie sagte es irgendwie so, als wäre ich doof und sie erklärte es so, als alle auf der Welt wüssten wer der Kahlkopf ist." Er ist DER Designer hier in Venedig. Ihn kennt doch alle Welt!" „Ach und was will der von mir?" fragend schaute ich das kleine Luder an. Die hob nur die Schultern und sagte: "Ich glaube, du hast den Bock abgeschossen". „Welchen Bock?" Ich verstand nur Bahnhof und war dem Weinen nahe. Das kleine Luder sagte „Jetzt tu doch nicht so. Er ist total angetan von dir. Du bekommst die Hauptrolle. Gratuliere. Du hast eben den Bock abgeschossen!" „Aber welchen Bock denn?" Ich stampfte mit dem Fuss auf, riss die Augen auf und hielt den Atem an. „Na du bist der Bock!" Mit diesen Worten verliess das Luder die Szene.

Alles nimmt seinen Lauf

Wie sollte den hier einer aus irgendwas schlau werden? Ich wollte weinen. Ganz laut. Eigentlich wollte ich gern wegrennen. Ich fühlte mich allein, unverstanden und verlassen. Ich wollte laut schluchzen und mich trösten lassen. Von irgendeinem, der mich in die Arme nahm. Von jemanden Grossen, Starken, Lieben, Wohlriechenden und Tröstenden. Einem, der mich beruhigend über den Kopf streichelt, mir gut zuredet und sagt: Weine nicht, alles wird gut. Einer der Wünsche wurde erfüllt. Wirklich nur einer. Vielleicht waren es ja zu viele Wünsche auf einmal. Ich wurde tatsächlich in den Arm genommen. Von dem kleinen, hageren nach Kümmel riechenden Kahlkopf. Vielleicht wäre weglaufen doch die bessere Option gewesen. „Oh so froh habe ich Dich

gefunden, meine kleine Cleo." Mit hängenden
Schultern stand ich da. Der Kümmel Kahlkopf nahm
mich an die Hand und schleppte mich an einen
Bungalow am Pool. Er klopfte energisch und trat
noch energischer ein. An einem Pult sass eine
zierliche Brünette. Ihr Mund war purpurrot, ihre
Nase weiss gepudert und ihre Augen schwarz
umrandet. Sie tippte ohne aufzusehen unentwegt in
ihr Laptop. Verblüfft war ich über ihre Fingernägel.
Die waren spitz und lang, wie ich so etwas noch nie
sah. Ich fragte mich, ob sie nicht schon jemanden
damit, vielleicht auch nur Ausversehen, getötet hat.
Kümmelkopf hüstelte. Spitzfinger blickte auf. Ihre
Augen weiteten sich, als sie uns beide sah.
„Willkommen, willkommen." flötete sie. „Ich bin
Maddy." Maddy stand auf, zog ihren Pullover straff.
„Mit doppel D." Sie streckte mir ihre Hand entgegen.
Meine Güte war die gross. Sie überragte mich um
sicher 2 Köpfe. Zögerlich nahm ich die Hand von
Doppel D. Ich starrte auf ihren Busen. Das sollte

doppel D sein? Niemals im Leben! Ich war verblüfft.

Das war vielleicht minus A. Mehr nicht. Doppel D,

lächerlich! Wollte sie sich dadurch wichtig tun? Ich

legte meinen Kopf schief und beobachtete sie. Sie

lief in ihren hochhackigen Schühchen und ihrem

kurzen blauen Faltenröckchen vor dem Fenster auf

und ab und redete irgendetwas. Sie hatte

spindeldürre Beinchen und grosse Füsse. Sie

plapperte und plapperte und manchmal blieb sie

vor mir stehen und tippte mich auf die Schulter

oder tätschelte mir die Wange. Sie spreizte mit

ihren Spitzfingern meine Haare und lief um mich

herum, um meine Rückansicht zu begutachten. Ich

kam mir vor wie auf einem Viehmarkt. Aber das

stand an zweiter Stelle. Zuerst einmal kümmerte ich

mich um die doppel D Frage. Meine Blicke folgten

ihrem Oberkörper. Ich war mir sicher, sie bluffte.

Niemals hatte Maddy mit doppel D doppel D,

niemals. Sie war so dünn. Sie konnte gar kein

doppel D haben, dann würde sie ja vornüber kippen.

Maddy, Du hast gelogen. Ich nickte. Ganz klar. Ich schaute triumphierend. Triumphierend, auch, weil ich es wusste und Maddy nicht wusste, dass ich es wusste. Maddy ohne doppel D legte ihre Hand auf meine Schulter, schwieg und wartete. Also alle warteten, auch Kümmel – Kahlkopf wartete. Sie warteten beide auf Irgendwas. Es war ruhig. Keiner sagte etwas. Also ich getraute mich sowieso nicht auch nur einen Piep von mir zu geben. Also wartete ich einfach schweigend mit. Doch dem Kümmelkopf ging diese Warterei zu lang und er rief: „Bist Du meine Cleo, oder was?" Ich schlug mit der flachen Hand aufs Pult. Ich zuckte zusammen. Maddy ohne doppel D und Kümmelkopf schauten mich gespannt an. Ich konnte ein Knistern hören. Ich schaute auf Kümmelkopf und auf Spitzfinger und hatte den Faden verloren. Also, eigentlich hatte ich ihn ja noch gar nicht aufgenommen. Meine Oma pflegte immer zu sagen: „Wehr Dich nicht, alles nimmt seinen Lauf." Und sie sagte immer: "Rede nur zur rechten Zeit." Ich wusste zwar nicht immer, wann

die Zeit dafür recht ist, aber jetzt war ich mir sicher.

So antwortete ich: „Nun, alles nimmt seinen

Lauf." Kümmelkopf brach in Freudenschreie aus

„Ja!" schrie er und Maddy mit ohne doppel D

lächelte breit. Tja, und so nahm alles seinen Lauf.

Cleopatra

Seit alles seinen Lauf nahm, war ich Cleo. Cleopatra.
Vorrübergehend. Aber immerhin. Nicht jeder war
Cleopatra und nicht konnte eine sein. Ich schon.
Und bevor alles seinen Lauf nahm, kniete MaNiMa
vor mir, nahm meine Hände und presste sie gegen
seine Brust. „Du bist meine Cleo. Ich habe lange
gesucht und hier habe ich Dich bella Cleo gefunden.
Du machst mich sehr glücklich." Allerdings war ich
mir sicher, dass ich das Wesentliche nicht wusste.
Ich stand mitten in einer Geschichte und kannte
den Anfang nicht. Vom Ende gar zu schweigen. Was
hatte es mit all dem auf sich? Es dämmerte mir,
dass wohl Spitzfinger alles bereits erklärte und ich
aber damit beschäftigt war, ihre Oberweite
auszumessen und ihr darum gar nicht zuhörte.
Schlecht Isolde, ganz schlecht. Aber alle anderen

sahen das nicht schlecht. Ich stand irgendwie immer im Mittelpunkt. Das war ein merkwürdiges Gefühl. Ein Gefühl, welches ich nicht kannte. Ich sass lieber am Rand und schaute zu. Jetzt aber hatte MaNiMa mich immer im Schlepptau. Er hatte ein Seil um meine Hüften gelegt. So hätte ich nicht einmal ausbrechen können. Die Leute fanden das amüsant und klatschten ihm Beifall für diese Idee. Sie tätschelten ihm den kahlen Kopf und musterten meinen Körper begeistert. Also ich war noch nie so begeistert von meinem Körper. Das Leben als Cleo war recht aufregend. Ich tanzte auf Festen, wurde Menschen vorgestellt, deren Namen ich lediglich in bunten Illustrierten las. Ich ernährte mich von Dingen, die meine Zunge im Leben noch nicht berührten und trank die buntesten Cocktails. Jeden Tag hatte ich eine Besprechung. Da wurde über mein Haar diskutiert und von Fachleuten beäugt, es wurden Fotos von mir geschossen und ich wurde weitere Male vermessen. Überall wurde ich als „die

Cleo" vorgestellt. MaNiMa war immer in meiner Nähe und auch Maddy war um mein Wohl besorgt und tauschte mein volles Glas sofort in ein neues, gut gefülltes Cocktailglas um. Stets brachte sie mir auch feine leckere Häppchen mit – da liess ich mich natürlich nicht lumpen. Verhungern und Verdursten würde ich also um beide herum nicht. Dennoch hatte ich das dringende Bedürfnis etwas klären zu müssen. Und als man mich wieder einmal beschwipst in meine Unterkunft zurück brachte, sah ich das kleine Luder an der Poolbar sitzen. Ich erkannte sie an dem grossen breiten Hut. Isolde, das war die Chance, dachte ich und strauchelte über den Kiesweg Richtung Pool. Die weiss sicher mehr. Vielleicht wusste sie sogar alles! „Hey Du, Du kleines Luder!" rief ich und wedelte mit den Armen. Dann blieb ich Augenblicklich stehen und überlegte. Wie hiess denn das kleine Luder eigentlich? Sie hatte sich mir nie vorgestellt. Für mich war es einfach das kleine Luder. Das kleine Luder reagierte natürlich nicht, also strauchelte ich weiter. Ich rief wieder: "Huhu kleines Luder! Ich bin die, die sich einen Mann angeln will! Hallllooo!" Und siehe da, das kleine Luder drehte sich um und, naja ich war nicht sicher, ob sie sich freute mich zu sehen oder nicht. Okay, das war mir eigentlich auch egal, ich wollte einfach Antworten haben. Meine Koordination war nicht die Beste, dies sollte ich noch zugeben, aber die Richtung stimmte. Ich blieb im Busch hängen und kämpfte mich aber frei. Ich hatte auch etwas Schwierigkeiten mit dem Gleichgewicht und lief in die dreiarmige Laterne am Kiesweg. Ich entschuldigte mich höflich und strauchelte weiter. Den Rand des Pooles übersah ich leider auch und fiel hinein. Um Himmelswillen! Ich schlug wie eine Wilde mit den Armen. Das kleine Luder stand auf, schob sich die Sonnenbrille von der Nase über die Stirn und schaute sehr erstaunt. Langsam kam sie zum Pool. „Na, noch ein abendliches Bad, so vor dem zu Bett gehen?" fragte sie langsam. „Ja, es ist überaus

angenehm." sprudelte ich und drohte zu ertrinken.

„Aber, könnten Sie mir vielleicht helfen?" So

langsam verliessen mich meine Kräfte. „Wobei

denn?" fragte das kleine Luder allen Ernstes.

„Können Sie mich retten?" Das kleine Luder lachte

lauthals. „Retten!" Hahahahaha sie beruhigte sich

gar nicht mehr und bekam kaum noch Luft. „Retten

aus einer Tiefe von 30 cm." Hahahaha „Toller

Witz!" Sie setzte sich auf den Poolrand und liess die

Füsse ins Wasser hängen. Ohhh das war wohl meine

Rettungsinsel, dachte ich und umklammerte ihre

Beine. „Heeeh, was soll das! Lassen Sie gefälligst

meine Beine los!" schnauzte mich das kleine Luder

an. „Ich ertrinke!" klagte ich dem Tot nahe. „Sie

sind im Kinder – Planschbecken. Stehen Sie doch

einfach auf!" Sie verdrehte die Augen und

murmelte irgendetwas von - Touristen, Alkohol und

dämlichen Benehmen -.

Aber ich dachte im Nachhinein, sie meinte nicht mich in ihrem Gemurmel. Tatsächlich war es gar nicht tief und ich konnte mich gut selbst retten. Trotzdem war ich dem kleinen Luder dankbar. Schon allein für den Hinweis. Sonst wäre ich sicher ertrunken. Durch das kühle Wasserbad war mein Kopf wieder etwas klarer. Ich schleppte mich aus dem Pool und wollte mein nasses Kleid ausziehen. „Bitte nicht!" das Luder sprang entsetzt auf. „Einmal hatte gereicht!" ich schaute sie verständnislos an. Das kleine Luder holte an der Poolbar ein grosses Handtuch für mich. Wow, sie konnte auch richtig nett sein. „Danke!" murmelte ich. „Ich hatte ja schon gehört, dass Sie einen Knall haben, wusste aber nicht, dass dieser so ausgeprägt ist." sagte sie in einer Seelenruhe. Okay, sie war doch nicht so nett. Sie baumelte mit den Füssen im Wasser und ich bibberte vor mich hin. Ich wollte das kleine Luder so viel fragen und überlegte, wie ich meine Befragung starten sollte.

Da kam sie mir zu Hilfe. „Wie ist es so, die Cleo zu sein?" fragte sie mich. Und dann prasselte es aus mir heraus und meine Augen wurden doch recht gross bei Ihren Antworten. Ich hatte so viel verpasst, nicht verstanden, besser gesagt, also um bei der Wahrheit zu bleiben, ich hatte ja Spitzfinger nicht zugehört – das war ein grosser Fehler. Die Zusammenfassung war: MaNiMa, der Kümmelkopf war der Onkel vom kleinen Luder, ein famoser Designer, wie sie schwärmerisch ihre Erklärungen untermalte. Er plante eine grosse Modenschau „Art of modern Egypt" in Venedig. Natürlich auf dem Markusplatz, betonte sie und seit Monaten sind sie auf der Suche nach dem Cleopatra – Model. „Nun haben wir Dich hier gefunden, so einfach ist das." beendete sie die kurze Einweisung in mein Showgeschäft. „Also ich bin ja überhaupt kein Model!" rief ich aus. „Das war ja auch gar nicht die Idee!" Das kleine Luder zog ihre roten Lippen mit einem noch röteren Rot nach. „Model haben wir

259

genug. Wir suchten eine pummelige, nichtssagende, unattraktive, ungepflegte...." Ich unterbrach sie mit einem inszenierten Hustenanfall. „Wir mussten lange suchen." Sie lächelte mich breit an. „Aber nun haben wir unser Model ja gefunden. Du bist Cleopatra für eine Nacht. Und diese Nacht findet auch bald statt. Mehr verrate ich nicht, sonst ist es ja auch keine Überraschung mehr." Plötzlich war ich so etwas von nüchtern. Mein Mund war trocken. Ich stakste zur Poolbar. „Wasser!" keuchte ich dem Verdursten nahe. Ich schüttete das grosse Glas Wasser in mich hinein und rieb mir die Stirn. Ich wollte doch keine Show, ich wollte keine Cleopatra sein, geschweige denn als Model in einer Modenschau mitmachen. Das kleine Luder setzte sich wieder neben mich. „Kann ich nicht alles absagen?" Das kleine Luder bekam einen Lachanfall und auch der Barmann konnte sich das Lachen nicht verkneifen. Dann schaute mich das kleine Luder ernst an: „Nein, Du kannst gar nichts absagen. Wir haben lange gesucht und ich habe Dich entdeckt. Du wirst Cleopatra sein, komme, was da wolle." Das kleine Luder stand auf, küsste den Barmann auf die Wangen und sagte zu mir: „Du solltest schlafen gehen, Cleo, und Dir etwas Trockenes anziehen." Tatsächlich bemerkte ich erst jetzt, wie sehr ich schlotterte. Ich schlotterte aber nicht nur vor Kälte, sondern auch vor Angst. Vor Angst, Cleopatra zu sein, wenngleich auch nur für eine Nacht. Vielleicht war alles nur ein Traum. Das wäre wunderbar, dachte ich. Wie schön wäre es, ich könnte Isolde sein, nicht nur für eine Nacht, sondern für immer. Ich stand auf, verliess die Bar und lief zittrig in das Dunkle hinein um meine Unterkunft zu finden.

Die Autorin Marika Thommen, schreibt seit 20
Jahren Bücher, Gedichte und Geschichten,
Erzählungen, Reise - Posts und Artikel aller Art und
veröffentlicht mit „Isolde" ein weiteres ihrer Werke
in einer neuen Form der Erzählung.
„Ich bin ein sehr kreativer Mensch", so die Autorin.
„Beim Schreiben kann ich direkt in der Geschichte
verschwinden und somit in vielen Rollen
verschmelzen.

Dieses Abtauchen in das Geschehen

ist für mich wie eine Reise. Es macht Spass und ist

spannend zugleich.

Isolde - Herzerfrischende und zum Schmunzeln

oder auch zu herzhaftem Lachen anregende

Geschichte einer unbekümmerten, oft ins

Fettnäpfchen tretenden liebenswerten jungen

Frau...

Isolde - Reihe, bestehend aus 4 Folgen

Isolde 1/4

erschienen in Neuauflage 2021 im BOD Verlag

Isolde 1/2

erschienen 2020 im BOD Verlag

Isolde 3/4

erschienen 2021 im BOD Verlag

Isolde 1.0

erschienen 2021 im BOD Verlag

© 2021, Marika Thommen

Herstellung und Verlag: BoD – Books on Demand, Norderstedt

Isolde ½

ISBN 9783753439020

erschienen 2020 im BOD Verlag

Autor: Marika Thommen

Titelbild: A. Knobloch (Jewels Skindeep Art)

Alle Rechte in

Schrift und Grafik bei jeweiligem Künstler